S. R. SALDANHA

HISTÓRIAS CURTAS PESADELOS LONGOS

SKULL EDITORA

COPYRIGHT © SKULL EDITORA 2022

Proibida a reprodução total ou parcial desta obra, de qualquer forma ou por qualquer meio eletrônico, mecânico, inclusive por meio de processos de fotocópia, incluindo ainda o uso da internet, sem a permissão expressa da Editora Skull (Lei nº 9.610, de 19.2.98).

Editora: **Skull**
Editor Chefe: **Fernando Luiz**
Capa: **Alice Prince**
Revisão: **Larissa Sobral e Daniel Safadi**
Diagramação: **Davi Alves**

Dados Internacionais de Catalogação na Publicação (CIP)
Jéssica de Oliveira Molinari - CRB-8/9852

Saldanha, S. R.
   Histórias curtas pesadelos longos / S. R. Saldanha. -- Brasil : Editora Skull, 2022.
   144 p. 14 x 21 cm

   ISBN 978-65-5123-004-2

   1. Contos brasileiros 2. Horror I. Título

22-0036   CDD B869.3

Índices para catálogo sistemático:
1. Contos brasileiros

Todos os direitos reservados, incluindo os direitos de reprodução integral ou em qualquer forma

CNPJ: 27.540.961/0001-45
Razão Social: Skull Editora Publicação e Venda de Livros
Endereço: Caixa postal 79341
Cep: 02201-971, — Jardim Brasil, São Paulo – SP
Tel: (11)95885-3264
www.editoraskull.com.br.

@skulleditora
www.amazon.com.br
@skulleditora

AGRADECIMENTOS

Dedico este livro a minha esposa Sandra e ao meu filho Leonardo, que são os meus eternos leitores Beta.

Também aos meus outros filhos, Pedro e Helena, que constantemente me cobram para eu estar sempre escrevendo.

Sem vocês, nada disso faria sentido.

Todas as horas empenhadas na realização desta obra foram prazerosas e sem nenhum dissabor.

Quando se faz o que ama, não existe cansaço e muito menos tempo perdido.

Que nunca nos falte imaginação e alegria de poder propiciar aventuras e viagens mentais aos nossos leitores.

Que o corpo envelheça, mas que a nossa alma e mente estejam sempre jovens e em busca de novas inspirações e aspirações.

Se o leitor se imaginar vivendo alguma de nossas histórias, o objetivo terá sido alcançado.

O Melhor Amigo do Homem

Passava das duas da manhã e ela já se arrependera de não ter aceitado o convite para dormir na casa de Sônia.

Jussara, esse era o nome dela, media um metro e sessenta de altura, tinha vinte e dois anos, era branca e tinha cabelos negros e sedosos arrumados em um coque. Olhos castanhos arredondados e cheios de vida. Possuía um corpo escultural e estava trajando um vestido verde que lhe marcava o corpo perfeito e um sapato preto de salto alto.

Ambas foram em uma festa muito longe do bairro onde ela morava, mas próximo da casa onde a sua amiga residia.

Mas Jussara alegara que precisava trabalhar no outro dia bem cedo e o emprego era no seu bairro mesmo e não conseguiria chegar a tempo. Fora o empecilho de não poder ir trabalhar com aquela roupa de festa.

Assim se despedira da amiga pedindo para

esta ficar tranquila, pois o ônibus que passava próximo da sua casa, tinha ponto final distante apenas um quarteirão do local onde se divertiram.

Mas fora o fato de ter esperado quarenta minutos para o tal ônibus chegar, ainda teve o azar de este quebrar quando estava a vinte minutos dela chegar em casa.

E vinte minutos de condução eram quase uma hora a pé, como descobrira ao decidir terminar o trajeto caminhando. Tomou essa atitude ao saber que poderia demorar mais de uma hora para outro ônibus vir da empresa para levar os passageiros desafortunados aos seus destinos.

Agora estava andando por um bairro de dar medo. Muito mal iluminado, cheio de becos e terrenos abandonados. Foi quando começou a ouvir alguns barulhos estranhos.

Parecia que algo se arrastava com dificuldade perto de onde ela estava.

Jussara aumentou o passo, já apavorada com a situação. Mas o barulho aumentou ainda mais e agora o que quer que fosse, estava prestes a chegar até ela.

De repente, quando a moça já estava começando a gritar, um cachorro com latas amarradas no rabo, surgiu diante dela.

Alguma criança ruim tinha feito aquela maldade com o pobre animal de rua.

Jussara, apesar de estar atrasada, cansada e com medo, chegou até o cão para aliviá-lo do sofrimento.

Teve um pouco de nojo ao ver que o animal apresentava sarna e falta de pelos em diversas partes do corpo, mas ainda assim o livrou das latas e lhe fez um carinho na cabeça.

O cachorro abanou o rabo e pareceu sorrir para ela em agradecimento.

A moça sorriu de volta e o acariciou de novo, reparando o quanto ele era magro e de aparência sofrível.

Retirou de sua bolsa uma barra de cereais que sempre carregava consigo para quando a fome apertar e não acabar comendo porcaria na rua, como sua mãe sempre falava.

Ofereceu ao cão que a abocanhou com vontade, como se fosse a maior iguaria do mundo.

— Agora preciso ir embora. Disse ao cão enquanto se afastava.
O animal pareceu sorrir novamente e sentado, observou quando a sua salvadora se afastava, seguindo o seu destino.

Jussara logo se esqueceu do cão e voltou a apressar a caminhada, já quase correndo e ansiosa por sair daquela região e chegar logo em sua casa.

Foi quando viu aqueles três rapazes parados no caminho a sua frente.

— Boa noite, moça. Ou já será bom dia? Falou um deles rindo.

Esse era negro, tinha vinte e cinco anos e media um metro e noventa de altura, parecendo jogador de basquete. Cabeça raspada, olhos castanhos e uma cicatriz na bochecha esquerda. Trajava camiseta preta de banda de rock, calça jeans com metade da cueca aparecendo e tênis preto cano alto. Era bem forte.

— Boa noite. Respondeu ela sem parar.

— Calma jovem. Só queremos conversar. Disse o segundo.

Esse tinha vinte e três anos, era branco, medindo um metro e sessenta e cinco de altura e possuía cabelos pretos, curtos e lisos. Olhos verdes e era bem-apessoado. Trajava camiseta cinza, calça de moletom preta bem folgada no corpo e tênis branco com aparência de encardido. Compleição física média.

— Não posso moço. Estou atrasada.

— Atrasados estamos nós e você veio bem a calhar. Disse o terceiro segurando o seu membro por cima da calça com a mão esquerda e rindo.

Esse era moreno, tinha vinte anos e media um metro e setenta e cinco de altura. Olhos castanhos e cabelos pretos compridos e malcuidados. Era bem magro e com aparência de drogado. Trajava camiseta do Barcelona, calça jeans e tênis azul.

— Socorro! Gritou a moça quando percebeu as intenções deles.

— Não adianta gritar. Ninguém vai ouvir. Disse o negro que se chamava Lucas.

— Aliás, se gritar a gente apaixona. Disse o segundo, de nome Vitor.

— Só vamos nos divertir um pouco. Completou o terceiro que se chamava Oscar.

Jussara ainda tentou correr, mas foi segura por Lucas que imediatamente começou a acariciá-la nos seios.

Vitor a abraçou por trás se esfregando no corpo da moça.

— Deixem um pouco pra mim. Disse Oscar já rasgando o vestido dela.

A moça se viu vestida apenas com as roupas intimas e chorou desesperada enquanto era arrastada para o interior de um beco.

Os bandidos se excitaram ainda mais com a aflição da moça que se debatia na tentativa de escapar.

Lucas lhe deu um tapa na cara que a jogou ao chão.

— Quieta vadia! Agora vai conhecer um homem de verdade. Disse, já tirando as próprias roupas.

Jussara já se preparava para o pior vendo os outros dois também se despirem, quando ouviu latidos tímidos na entrada do beco.

Era o cachorro que ela havia ajudado.

O vira lata entrou no beco e começou a rosnar para os três estupradores.

— Olha quem veio te ajudar! Desdenhou Vitor, que já estava pelado também.

Lucas, que no momento se debruçava sobre a moça na intenção de arrancar o que lhe restava de roupas e a violentar, disse:

— Chuta esse sarnento aí, Vitinho! Não posso perder o clima.

Mas foi só o criminoso chegar próximo ao cão para o latido deste ficar mais potente, quase irreal para um cachorro.

Vitor parou no ato e olhou para os comparsas com receio.

— Tá com medo, seu viado? Provocou Oscar, que seria o segundo a estuprar a moça.

Vitor então, para não ficar mal com os amigos, correu até o cão e o chutou forte na barriga.

— Aí sim! Disse Lucas e se voltou novamente pra Jussara, tentando afastar as suas pernas e arrancar a sua calcinha.

Mas o cão se levantou e começou a se contorcer de um modo bizarro.

Seus ossos foram se expandindo e a sua forma se alterando. As patas foram adquirindo garras e dentes enormes foram preenchendo a sua boca.

Agora já lembrava um rottweiler gigante e continuava a crescer.

Ganhou quase dois metros de envergadura e uma cor negra como a noite. Saliva saia de sua boca e os seus olhos eram avermelhados e ameaçadores.

Os três bandidos começaram a tremer de medo e se desesperaram, já que o monstro estava na única saída existente do beco.

Por mais inacreditável que possa parecer, a criatura abriu a boca imensa e falou com uma voz potente e ameaçadora.

— Eu sou o cão do inferno e o meu trabalho é recolher as almas de pessoas ruins e levar até os abismos do reino de meu mestre.

— Normalmente, eu espero os malditos morrerem para depois buscá-los, mas hoje recebi uma autorização especial para matar e levar vocês três imediatamente.

— Você não deveria nos ajudar, já que é do mal também? Choramingou Lucas, já de pé.

— Eu não sou mal, muito menos bom. Apenas faço o meu serviço. Sirvo ao meu mestre das profundezas da mesma forma que ele serve as forças do universo. O equilíbrio é necessário.

— Agora, no caso específico de vocês, eu apenas cobrei uma dívida por um favor que fiz ao pessoal lá de cima. Fora que a vida desta moça parece ter alguma importância para eles também.

— Chega de conversa! Disse o monstro, saltando na direção deles.

Vitor ainda tentou correr, mas foi alcançado pelos dentes do cão em suas costas, tendo a espinha arrancada e comida de uma só vez.

Oscar foi mordido no peito, tendo parte do tórax engolido pela criatura imensa.

Lucas começou a chorar e a se urinar quando o cão do inferno foi em sua direção rosnando.

Este deu um salto e engoliu a cabeça do bandido, separando-a do restante do corpo.

Jussara estava encolhida e chorando num canto, já esperando pela sua vez de morrer enquanto o monstro literalmente engolia os três bandidos, procurando não deixar o menor vestígio. Apenas as roupas jogadas ao canto, provavam que um dia eles existiram.

O cão do inferno após terminar com os três, se voltou para a moça dizendo:

— Agora siga tranquila o seu caminho e procure esquecer o que viu aqui. Tenha uma vida decente se não quiser me reencontrar um dia.

— Hoje eu garanto que nada mais vai acontecer com você!

A moça, apesar do nojo, procurou entre as roupas que os criminosos deixaram as que melhor lhe caíssem no corpo e se vestiu.

Quando olhou novamente para a criatura, se viu diante do cachorro sarnento que lhe abanava o rabo.

Achou melhor nem procurar a polícia e não tocar jamais no assunto com alguém. Afinal, quem iria acreditar nela?

Seguiu o seu caminho com o cão trotando fielmente atrás de seus passos.

Ao chegar à frente de sua residência, olhou para trás e viu que o cachorro iria dar meia volta, se preparando para ir embora.

Ao encará-lo pela última vez, os olhos deste ganharam por segundos a coloração vermelha e brilharam. Depois deu um latido e saiu correndo em disparada, rumo ao desconhecido.

Jussara nunca fora de ter animais de estimação, apesar de ser carinhosa com os dos amigos.

Mas agora, pensava seriamente em ter um cachorrinho...

DESEJO CONCEDIDO

Zeca completara sessenta anos a poucos dias atrás e estava aposentado a mais de três.

Ele era moreno, media um metro e setenta de altura, olhos castanhos inchados pelo hábito da bebida. Calvície bem avançada e uma barriga enorme que não cabia mais nas camisetas que usava.

Os seus dois filhos já estavam casados e morando cada um em sua própria casa.

Agora vivia sozinho na residência comprada há muitos anos com o suor dele e da esposa Marta, que morrera dez anos antes.

Seguia aquela rotina com a qual sempre sonhara: acordar quando o sono acabar, tomar café e almoçar quando bem entender e só ver gente quando quisesse, ou seja, nunca.

Os filhos não entendiam o seu jeito de ser, mas respeitavam a sua vontade. Só ligavam para ele quando tinha festa de aniversário dos netos ou alguma situação especial.

Mesmo assim, ele nunca comparecia e com o tempo os convites se transformaram em mera formalidade e os netos nem faziam mais questão de verem o avô.

Zeca ou Seu Zeca, como os vizinhos e amigos o chamavam quando ele ainda mantinha uma vida social, deu graças a Deus quando todos finalmente perceberam que ele queria ficar sozinho.

Depois da morte da esposa amada, achava que não tinha mais obrigações com ninguém. Dedicara-se ao máximo em cuidados com Marta desde que fora diagnosticada com câncer e permaneceu ao seu lado até a sua morte.

Depois do enterro dela, prometeu que faria o que quisesse sem dar mais nenhum tipo de satisfação para quem quer que fosse.

Só saia de sua casa quando era absolutamente necessário. E se irritava quando alguém o abordava na rua para cumprimentar ou falar sobre alguma coisa.

Hoje estava especialmente irritado pois um de seus filhos tinha ligado para lhe convidar para ir até a casa dele para participar de um churrasco com a família.

Zeca detestava qualquer tipo de festa, mas churrasco movido a samba e gente suada e sem camisa, ele odiava mesmo.

Pior que de tanto que o seu filho insistiu no convite, acabara por se irritar e terminou gritando e desligando o telefone na cara dele.

E depois, quando foi tomar um trago para se acalmar, ainda derrubou a última garrafa de uísque que tinha no chão da sala.

Além de se cortar no vidro da garrafa, ainda gastou uma hora para limpar tudo.

Agora teve que sair de casa para ir ao mercado comprar mais bebida e já se preparava para ter que enfrentar aquelas pessoas chatas que puxavam conversa do nada com qualquer um.

Entrou no mercadinho de seu bairro quando findava o dia e a noite já dava as suas caras.

Foi direto até a sessão de bebidas e já se estressou novamente por não achar a sua marca preferida.

Pegou quatro garrafas de outra marca que considerava apenas aceitável, algumas cervejas, salgados e foi para o caixa.

Já praguejou quando viu o tamanho da fila do caixa destinado aos idosos.

Apesar de ser idoso também, detestava aqueles velhos que toda hora saíam na rua mesmo sem ter o que fazer.

Foi para o final da fila já pedindo aos céus para ninguém querer conversar com ele.

Mas é claro que alguém quis conversar...

Uma senhora aparentando uns setenta anos e que chegou na fila depois dele, perguntou:

— O senhor vem sempre a este mercado?

Zeca apenas balançou a cabeça consentindo.

— Não acha que os preços aumentaram muito? Insistiu a velha.

— Não sei. Respondeu resmungando.

— Por isso estamos nesta situação! Ninguém se importa com nada! Quase gritou a idosa.

Zeca engoliu a vontade de mandar a velha para algum lugar e apenas abaixou a cabeça bufando.

E a fila nada de andar.

Era um que esquecia de comprar alguma coisa e só lembrava quando estava no caixa e este ficava parado esperando a pessoa voltar com o produto. Outro que preenchia cupons de desconto na hora de passar as compras.

Zeca já não aguentava mais de tão nervoso que estava.

Finalmente chegou a sua vez e colocou as suas compras na esteira.

Nisso, a velhinha falou de novo:

— Não acha que é muita bebida para alguém de sua idade? E ainda mais com uma barriga deste tamanho?

Zeca não acreditou quando ouviu aquilo.

Abriu a boca para xingar a velha maldita, mas o seu rosto foi ficando cada vez mais vermelho, sua respiração foi falhando, sentiu uma dor insuportável no peito e caiu no chão...

Abriu os olhos depois de um tempo e meio aturdido, olhou para as pessoas a sua volta na rua e agradeceu que ninguém tentou conversar com ele.

Nem se lembrava de como tinha saído do mercado. Só Recordava de ter caído no chão.

Procurou por todo lugar as suas compras e não achando, decidiu voltar ao estabelecimento para reclamar e exigir de volta o que era seu. Mesmo não se lembrando se havia pagado pela mercadoria.

- Devem ter aproveitado que eu desmaiei para levarem as minhas coisas. Pensou ele revoltado.

Andou um pouco e ao chegar ao mercadinho, viu uma placa em sua entrada:

— Fechado pela polícia. Morte a averiguar.

— Agora já era demais! Vou ter que ficar sem beber? Gritou ele!

Olhou para os lados pronto para xingar quem achasse ruim por ele estar exaltado.

Mas os transeuntes continuaram caminhando sem ligar para ele.

— Pelo menos isso! Aí de quem me encher o saco hoje.

Passou em um boteco para tomar alguma coisa e tentar esquecer o dia ruim.

O bar estava quase vazio e ele chegou perto do dono e falou:

— Me dá um copo dessa porcaria de uísque que você vende aqui, Siqueira!

Mas o dono do bar continuou lavando os copos na pia sem sequer olhar para ele.

Pediu mais duas vezes, xingou o Siqueira de tudo que é nome, mas o homem nem lhe dirigiu o olhar.

Saiu do boteco reclamando e desistiu de beber, resolvendo voltar para sua casa.

Se assustou de verdade quando não achou as chaves de sua residência nos seus bolsos e ao tentar esmurrar a porta, a atravessou e caiu no chão do lado de dentro da sala.

Então, finalmente percebeu que era um fantasma!

Sentou-se no piso e começou a chorar.

— Como foi acontecer isso comigo? Como fui morrer assim tão de repente? Tinha tanta coisa ainda para fazer! Lamentou-se olhando para o teto.

Nisso, uma forma se materializou diante dele:

— Era um velhinho com cabelo grisalho e uma barba comprida e toda branca, vestido com uma túnica azul clara e com um olhar bondoso no rosto sereno.

Depois, outra forma se materializou:

— Era um demônio vermelho, com pés de bode, dois chifres na testa e com os olhos soltando faíscas de puro ódio.

O velhinho olhou para ele e falou calmamente:

— Quando você morreu, eu argumentei que deveria ir para o céu devido a ter cuidado fielmente de sua esposa até o seu desencarne.

O demônio retrucou:

— E eu reclamei a sua alma para o inferno, já que depois da morte dela, você se comportou muito mal, maltratando as pessoas e entristecendo a sua própria família que te amava muito. Seus filhos vivem magoados.

— No final, o poder superior decidiu realizar a sua vontade. Disse o velhinho.

— Como assim a minha vontade? Exasperou-se Zeca.

— Não queria ficar sozinho, sem ninguém falar com você? Pois conseguiu! Riu o demônio.

— Não entendi ainda. Assustou-se Zeca.

— Simples assim. Você passará toda a eternidade vagando por aí sem poder falar com ninguém. Gargalhou o demônio.

O velhinho deixou uma lágrima cair dos olhos e se desmaterializou.

O demônio antes de ir ainda desdenhou:

— Este será o seu inferno particular. Ninguém conseguirá te ver ou conversar com você. Viverá só entre os mundos. Nem eu pensaria em castigo pior.

— Desejo concedido! Gargalhou mais ainda a criatura infernal enquanto partia, deixando o seu cheiro característico de enxofre.

Zeca se ajoelhou e chorou, mas sabia ser tarde demais para se arrepender.

CLAUSTROFOBIA

Ela estava dentro de um caixão fechado e ouvia desesperada o barulho que os dois homens que a colocaram ali faziam ao cobri-lo com terra, enquanto riam. Nesse instante, Leona acordou em sua cama sentindo uma pressão no peito, com o coração disparado, suando muito e totalmente angustiada.

Não aguentava mais aquela situação em que vivia.

Os pesadelos, que antes eram esporádicos, passaram a ser quase que diários no último ano.

Sonhava que estava sendo enterrada viva como hoje, ou trancafiada em um mausoléu ou ainda soterrada em um deslizamento de terra. Sempre mortes com confinamento em lugares reduzidos.

— Agora imagine esse tipo de pesadelos para quem sofre de claustrofobia como Leona?

Ela era uma morena de trinta anos de idade, cabelos longos e negros, olhos bem negros e arredondados. Media um metro e sessenta e cinco de altura e possuía um corpo que já fora quase perfeito, mas que agora apresentava algumas camadas de gordura a mais, resultado de preocupações que a fizeram descontar na comida.

Era casada com Alfredo e tinha dois filhos pequenos, Gustavo e Brenda.

O seu marido era do tipo conservador, por isso Leona tinha parado de trabalhar desde que se casara há oito anos.

Como os seus filhos estudavam em período integral, ela passava o dia todo em casa, sozinha.

Não se queixava da vida, já que possuíam o suficiente para viverem bem, sem luxos.

A única coisa que atrapalhava a sua vida era o medo irracional que sentia de ficar em locais apertados. Chegava a apertar o peito, o coração acelerava e se sentia sufocada e suando. Às vezes o uso de um simples elevador, provocava tudo isso.

Passou a só sair de casa quando fosse absolutamente necessário.

O médico psiquiatra com quem ela se consultara uma vez, disse que o problema que ela tinha se chamava claustrofobia.

Receitou-lhe remédios que lhe deixavam sonolenta e que optara por parar de tomar.

Experimentara também algumas terapias que infelizmente não obtiveram resultado satisfatório.

Leona se privava de alguns prazeres por causa dessa fobia.

Foi quando uma amiga sua lhe contou sobre terapias de vidas passadas.

Disse também que conhecia uma mulher formada em terapias holísticas e que através da hipnose, conseguia fazer as pessoas se lembrarem de quem eram em outras vidas.

Muitas dos que foram atendidas por ela, descobriram que os seus medos eram frutos de acontecimentos em outras vidas e depois da terapia de regressão, melhoraram muito e não mais exibiram os sintomas.

Leona, apesar de não acreditar nestas besteiras de vidas passadas, resolveu que não tinha nada a perder indo até lá.

Marcou uma consulta pelo telefone que a amiga lhe dera e no outro dia se dirigiu até a casa da tal de Yana.

Chegando lá, foi convidada a entrar por uma secretária da tal mulher.

Após pouco mais de meia hora, entrou no cômodo onde Yana atendia os seus "pacientes".

Era um lugar cheio de todo tipo de quinquilharias esotéricas, como fontes, incensos queimando, imagens de deuses diversos e fadas e duendes.

Yana era ruiva e cheia de sardas no rosto e no corpo. Tinha cinquenta anos de idade. Media um metro e sessenta de altura e os seus cabelos passavam do pescoço em comprimento. Usava um lenço em volta da cabeça e um vestido com estampa colorida e sandália rasteira.

A mulher pediu que Leona se sentasse em uma cadeira de vime e lhe explicasse o que acontecia com ela.

Após contar sobre o seu problema e das situações que vivia por causa dele, Leona chorou copiosamente.

Parecia que o desabafo lhe tirara um peso das costas. E Yana tinha um ar sereno que lhe deixara apta e confiante a abrir a sua vida para outra pessoa até então desconhecida.

A mulher a abraçou e a acalmou, falando baixinho palavras de conforto.

Depois Yana retirou um pêndulo de dentro de uma gaveta.

O objeto era verde e possuía diversos círculos um dentro do outro.

Yana colocou um mantra para tocar em um aparelho de som e pediu pra Leona se concentrar no pêndulo que ia de um lado para o outro, com os seus círculos que pareciam se mexer com os movimentos.

— Agora relaxe o seu corpo, depois deixe que a sua alma se liberte para ir até onde desejar. Disse a mulher.

— Passado e presente são uma coisa só. Deixe a música te conduzir.

Leona sentiu-se como se estivesse fora de seu corpo e que sua alma regredia para a sua juventude, infância e até antes de seu nascimento.

De repente, se viu em um corpo que não era seu.

Estava em um quarto vestindo apenas uma camisola de seda azul. Olhou-se no espelho e viu uma mulher da mesma idade dela, cabelos pretos cortados na altura do pescoço. Possuía um corpo escultural e a pele dourada.

Movimentava o corpo como se fosse o dela mesma.

Dirigiu-se até a janela do quarto e o que viu lhe deixou estarrecida:

— O rio Nilo e as pirâmides. Estava no Egito Antigo!

Pelo quarto em que dormia e pelas roupas e joias que tinha a sua disposição, concluiu que ostentava algum título da nobreza egípcia.

Como num rompante, toda a sua memória desta vida voltou de uma vez.

Lembrou que se chamava Kéfera nesta outra vida e era filha de um sacerdote do deus Anúbis.

Seu pai era muito poderoso e muito carinhoso para com ela. Depois que ela cresceu, ele passou a olhá-la de modo diferente e a sua mãe percebendo isso, começou a maltratá-la como se a filha fosse culpada.

Quando Kéfera completou vinte e um anos, a sua mãe morreu misteriosamente de uma doença que ninguém conseguiu descobrir o que era.

Passado o funeral, o seu pai passou a demonstrar o que sentia por ela, afastando todos os seus pretendentes de forma acintosa.

Um ano depois, chamou-lhe no quarto dele e lhe comunicou que eles se casariam com as bênçãos do Faraó.

Kéfera não acreditou quando ouviu isso e se revoltou. Seu pai lhe deu um tapa na cara e a estuprou.

A moça retornou ao seu quarto amaldiçoando a própria sorte e odiando ao seu pai.

Mas não teve jeito e logo estavam casados. Cada vez que o seu agora marido percebia a frieza da esposa, lhe espancava e depois a estuprava.

Assim se passaram os anos até que o coração de Kéfera se apaixonou por um artesão do palácio e ela se entregou a paixão proibida.

Viveram esse relacionamento até aquela data em que Leona retrocedera no tempo.

Ainda estava no corpo de Kéfera quando quase duas horas depois, o pai/marido desta invadiu o quarto bufando e a agarrando brutalmente.

— Traidora! Disse ele. O seu artesão de merda já está morto, mas você terá um tratamento especial.

— Será enterrada viva na tumba de nossa família. E ainda a amaldiçoarei com o sofrimento eterno.

— Mesmo em suas vidas futuras, sofrerá com as lembranças de sua tumba.

— Sempre que completar essa mesma idade de trinta anos, morrerá do mesmo jeito. Sufocada em um lugar minúsculo. Juro por Anúbis!

E assim aconteceu. Leona sentiu como se ela mesma tivesse sofrido a morte horrível.

Momento em que se viu jogada adiante no tempo e viu todas as suas vidas posteriores. E sempre no ano em que completava trinta anos, sofria uma morte terrível e parecida.

Ou era enterrada viva, ou morria soterrada ou enclausurada em algum lugar minúsculo.

Leona voltou ao seu corpo de uma vez, suando e se sentindo desesperada.

— Eu vou morrer! Gritou aflita.

Yana lhe acudiu e fez com que tomasse um copo de água com um pouco de açúcar.

Foi se acalmando e contou toda a sua história da regressão para Yana que a ouviu com total atenção.

Após terminar, olhou angustiada para a senhora e falou:

— Estou ficando louca ou voltei mesmo no tempo e assumi o corpo de Kéfera no dia de sua morte?

— Geralmente, as pessoas retornam no tempo e observam o ocorrido em suas vidas passadas. Mas pelo que relatou você realmente assumiu o corpo da sua vida anterior.

— Nunca tinha presenciado uma coisa assim. Disse Yana.

— O que posso fazer, se pelo jeito vou morrer esse ano ainda e do modo que mais me apavora?

— Não vejo outra saída a não ser você voltar novamente e tentar mudar o final trágico de Kéfera.

— Hoje ainda?

— Não! Disse Yana. Sua mente pode sofrer um abalo irreversível se não se recuperar devidamente.

— Como faremos então?

— Depois de amanhã, tentaremos novamente.

Leona se despediu e foi para casa, pior do que estava antes.

No caminho, um caminhão lotado de terra em sua carroceria basculante, de repente parou em um semáforo. A moça que estava dirigindo o seu carro logo atrás dele e com a cabeça distante em seus pensamentos, não percebeu quando as engrenagens do caminhão começaram a fazer barulho e a carroceria ser aos poucos erguida.

A terra toda começou a ser despejada em seu carro até começar a cobri-lo todo.

Leona, vendo que não poderia dar ré devido a outros carros estarem atrás dela, abriu a porta com muito esforço e saiu antes de ser enterrada sob toda aquela terra.

O motorista desceu do caminhão desesperado não entendendo como a carroceria se levantou sozinha.

Leona ligou para o marido que veio buscá-la e acionou o seguro para cuidar do carro.

A moça ficou ainda mais impressionada e chegando à casa só quis tomar banho e se deitar, nem dando a atenção devida aos seus filhos que se preocupavam com o seu estado após o ocorrido.

Ela nem saiu de casa no dia seguinte. E na data posterior, foi ansiosamente até a casa de Yana. Via que a sua situação era urgentíssima.

Yana a recebeu de imediato e logo repetiram o procedimento que lhe enviaria até a sua outra vida no Egito Antigo.

Leona retrocedeu no tempo e se viu novamente no quarto onde sabia que o marido de Kéfera adentraria em menos de duas horas.

Tivera um dia e meio para pensar em uma solução para evitar a tragédia.

Resolveu colocar o seu plano em prática.

Vestiu-se rapidamente e foi até o faraó pedir uma audiência com o sumo sacerdote do próprio deus vivo. Como era esposa do sacerdote de Anúbis, foi atendida.

O sumo sacerdote a atendeu curioso quanto ao que aquela mulher linda, esposa e filha de seu subordinado teria para lhe falar. Sentia uma atração por ela e só não a tomara para si devido ao casamento desta com o próprio pai.

Ele a olhou de cima e baixo e perguntou:

— O que o representante maior dos deuses pode fazer por você?

Leona no corpo de Kéfera se curvou diante dele, sorriu e falou:

— Meu amado marido é sacerdote de Anúbis e lhe devo todo o respeito. Mas devo maior respeito e devoção ao alto sacerdote e ao faraó.

— Sim. Prossiga.

— Um artesão do palácio descobriu uma trama de meu marido contra o senhor. Parece que ele almeja o seu lugar.

— Jamais! Seu pai e marido não é louco de se opor a mim!

— Infelizmente, o artesão foi capturado pelos homens de meu marido após falar comigo.

— Temo que já esteja morto há essa hora e eu com certeza, serei a próxima.

— Seu marido te adora e jamais a mataria. Argumentou o sumo sacerdote.

— Então deixe um de seus homens de confiança ou o senhor mesmo, escondido em meus aposentos e comprovará o que estou dizendo.

— Saiba que se for mentira, será acusada de traição e morrerá em seguida.

— Aceito correr o risco, mestre.

— Mas se vou esperar aqui, tenho que ter alguma distração para passar o tempo.

Leona, vendo que teria que ceder, deixou a sua roupa cair ao chão e murmurou:

— Jamais me deitaria com outra pessoa qualquer, mas o meu marido traiu o Egito ao tramar contra o alto sacerdote. Este se livrou das roupas e se deitou com ela.

Após o ato, Leona se vestiu e esperou ansiosa pelos próximos acontecimentos.

Quando o marido de Kéfera entrou intempestivamente no quarto, ela esperou ele falar primeiro.

— Traidora! Disse ele. O seu artesão de merda já está morto, mas você terá um tratamento especial.

— Então você o obrigou a falar que eu também sabia dos seus planos?

Ele a olhou aturdido e sem entender direito, mas retrucou:

— Você sofrerá uma morte horrível!

— Se for preciso, eu morrerei pelo alto sacerdote e pelo faraó! Disse ela.

— Não conseguirá me calar! Todos saberão da sua traição!

— Você que me traiu, cadela maldita!

— Fiz o necessário pelo Egito e tenho a proteção do alto sacerdote! Ele impedirá que você siga os seus planos até o fim.

— Ninguém me impedirá, disse ele colérico! Mato qualquer um que ousar ficar no meu caminho.

Nesse momento, o alto sacerdote em pessoa apareceu na frente deles, saindo de um biombo.

— Mestre, o que faz aqui? Perguntou colérico.

— Vim conferir a sua traição.

— A traição foi dela!

— Calado, se não quiser ser morto. Respondeu o alto sacerdote.

— Nada vai impedir que eu me vingue, disse o marido enlouquecido pela raiva.

Ato contínuo sacou uma faca e tentou esfaquear Leona.

O Sacerdote tentou lhe impedir e foi ferido por este no antebraço.

— Chega! Gritou o alto sacerdote. Guardas!

Quatro guardas entraram nos aposentos e olharam para o sumo sacerdote.

— Prendam este homem! Ordenou.

— Atentou contra a vida do representante dos deuses.

O marido de Kéfera gritou e ainda tentou escapar, mas foi contido pelos guardas reais e levado até a prisão.

O alto sacerdote olhou para Leona e falou:

— A sua lealdade foi comprovada e agora estará sob a minha proteção total.

— Agora vou resolver o tipo de punição que este desgraçado merece.

— Se me permite senhor, acho que ele desgraçou toda a sua dinastia e deveria ter a tumba de sua família lacrada para sempre com ele dentro. E o seu nome apagado da ilustre história do Egito.

O alto sacerdote olhou para ela espantado e disse:

— Nunca gostou dele, não é mesmo?

— Nunca! Mas o que me impulsionou foi à traição cometida.

— Na verdade eu também não gostava e vou seguir a sua sugestão.

Assim, o marido/pai de Kéfera foi enterrado vivo em sua própria tumba familiar e esta foi lacrada para todo o sempre.

Leona se viu novamente avançando no tempo e vendo as suas vidas passadas. Mas sem as mortes trágicas aos trinta anos de vida.

Então, voltou para o seu corpo e olhou para Yana.

— Acho que consegui.

— Que bom. Que os deuses sejam louvados. E a claustrofobia?

— Esse problema eu ainda vou ter que enfrentar, mas agora sem o peso das vidas passadas. Só perdi o meu amor pelo Egito...

E as duas caíram na risada.

O GIBI

José era um rapaz fissurado em gibis e em revistas em quadrinhos de terror. Só lia os que fossem tenebrosos e com inúmeras mortes.

O seu lema era: quanto mais assustador, melhor!

Ele tinha dezoito anos de idade, trabalhava no centro da cidade e morava com os seus tios depois da morte de seus pais em um acidente automobilístico ocorrido há dez anos.

O seu tio Mário de sessenta anos foi quem o apresentou aos gibis e revistas em quadrinhos antigas de terror e suspense. Ele ainda mantinha uma coleção enorme em casa, para desespero de sua tia Cátia, que não aguentava mais aquele monte de revista velha do marido ocupando espaço e atraindo baratas.

Mas José adorava o tio e sempre que podia, ia atrás de novas aquisições para ler com ele nos momentos que passavam juntos.

Um dia, estava vasculhando as ruas do centro de São Paulo a procura de novas revistas. Estava de folga do serviço e com bastante tempo livre. Foi em todos os sebos e livrarias que conhecia e nada de encontrar novidades.

Queria gibis mais antigos, que eram os que continham as estórias mais pesadas e sem os filtros das revistas de hoje em dia. Sonhava em encontrar alguns dos quais o seu tio falava ter lido e que faltavam na sua coleção.

Já estava desistindo de sua busca quando o jornaleiro em frente ao último sebo que ele visitou, ouviu quando ele disse o que procurava e o chamou:

— Ei, rapaz! Acho que sei onde você pode achar o que está procurando.

José olhou para ele com cara de poucos amigos e disse:

— Aí na sua banca só tem revista pra boiola! Esses gibis e HQs que fazem agora, não me interessam! É um tal de lobisomem gay pra cá, um vampiro que brilha como se tivesse purpurina pra lá.

O jornaleiro riu, concordando com José.

— Não estava falando da minha banca. Tenho um conhecido que só vende gibis e revistas antigas de monstros e de coisas sobrenaturais.

— Aí sim! Respondeu José. É exatamente o que estou procurando. Sabe se ele tem edições raras?

— É o que mais você vai achar por lá. Coisas das décadas de 70 e 80. Até mais antigas. Itens de colecionador.

Os olhos de José brilharam e ele perguntou:

— Qual o nome dele e onde fica a loja?

O homem riu largamente e informou:

— Não é uma loja. O Seu Euclides, como ele é conhecido, vende em seu próprio apartamento e só trabalha com indicações. Não vende para qualquer um. É cheio de manias. Coisa de velho.

— E como eu faço, então?

— Eu ligo para ele e falo que você é indicado meu. Assim ele te atende.

— Obrigado! Se puder, eu vou agora mesmo. É perto daqui?

— Sim. Deixe-me ligar para ele e combinar.

O dono da banca de jornal foi até o caixa e pegou o seu celular. José ficou observando-o ligar e ouviu quando ele falou ao telefone:

— Seu Euclides? Tudo bom? Tem mais um daqueles clientes especiais que o senhor gosta. Sim, desse tipo mesmo. Ele pode ir agora? Está muito ansioso. Não falei que eu ia cumprir o nosso trato? Vai anotando na sua caderneta. Já é o quinto que eu mando para o senhor. Logo estarei liberado, né? Conforme me prometeu.

O jornaleiro desligou o telefone com o rosto totalmente pálido.

— Está tudo bem? Perguntou-lhe José. Parece que perdeu a cor.

— Deve ser a minha pressão. Nada demais.

— E aí, ele concordou? Posso ir à casa dele agora? Ir embora e voltar outro dia vai dar muito trabalho.

— Ele não é muito fácil de se lidar, mas concordou com a sua visita. Pode ir agora.

— Onde é?

— Descendo a próxima rua até o fim, existe um beco sem saída. Quase em frente, tem um imóvel bem velho que foi invadido por um grupo de sem teto. Suba até o sexto andar. Bata na porta do apartamento 666.

— Número sugestivo. Disse José rindo. O prédio tem mais de seiscentos apartamentos?

— Claro que não! Respondeu o homem. Quem construiu teve essa mania besta de enumerar assim. Na verdade, só tem oito apartamentos por andar. Começam sempre assim: 111 até o 118, 221 até o 228, 331 até o 338 e assim por diante em todos os andares.

— Entendi.

José lhe deu as costas rapidamente e foi em direção ao endereço indicado, sem perceber o leve sorriso maldoso no rosto do homem.

— Antes ele do que eu. Pensou o jornaleiro, se benzendo.

José desceu a rua e viu o prédio. Olhando de fora, parecia um milagre ele se manter em pé. As paredes estavam todas imundas e cheias de rachaduras. A maioria das janelas já estavam sem os vidros e alguns moradores improvisavam com panos pregados ou com tapumes para se protegerem do frio da noite. Esse imóvel já deveria ter sido condenado pela defesa civil.

Entrou e como era de se esperar, nem tinha mais portaria. Apenas alguns sujeitos reunidos na entrada. A aparência deles era de dar medo. Falavam baixo como se estivessem combinando o próximo crime que cometeriam.

Passou por eles de cabeça baixa e constatou que o elevador não funcionava há anos.

Se encheu de coragem e foi até a escada, pronto para encarar seis andares acima.

A energia elétrica do prédio havia sido cortada a muito tempo. A única claridade disponível, vinha da luz do dia que entrava através das janelas dos corredores. Era como se vivessem numa penumbra permanente de dia e escuridão total a noite.

Percebeu que o prédio era um ponto de distribuição de drogas e local de prostituição. Diversos "clientes" enchiam aquele antro durante o dia todo e a polícia parecia ter esquecido daquele lugar.

Viu um pouco de tudo que existia de pior da humanidade enquanto subia os andares: casais fazendo sexo nas escadarias, mulheres já desgastadas pela vida difícil oferecendo o corpo, drogas ofertadas como se fosse em uma feira livre.

Apesar do medo que sentia, ignorou a todos e continuou subindo.

Pensou em desistir mais de uma vez, mas precisava ver os gibis.

— Tomara que a vinda até aqui valha o sacrifício. Pensou ele.

Finalmente chegou até o sexto andar. Estava tudo ainda mais escuro que nos andares anteriores e com uma atmosfera assustadora e um silêncio sepulcral. Nada de sexo ou venda de drogas.

— Imagina isso a noite? Refletiu enquanto olhava em qual direção deveria ir.

De repente, deu um pulo e um grito involuntário de medo ao sentir algo se movendo entre as suas pernas. Se acalmou ao ver que era um enorme e gordo gato preto. Este se eriçou e saiu em disparada pelo corredor escuro, miando.

José seguiu em frente e com a luz da lanterna do seu celular, viu o número 665 fixado na porta de um apartamento. Estava próximo ao seu objetivo e a difícil busca parecia que teria fim.

Apesar de ser ateu, quase orou quando viu o esperado número 666 no apartamento posterior.

Bateu ansiosamente na porta. Após uma espera que lhe pareceu interminável, um velhinho abriu a porta e lhe convidou a entrar.

Era negro, com uma aparência de ter mais de oitenta anos, cabelo acinzentado e encaracolado e a barba bem branca e cheia. Apesar do corpo encurvado, percebia-se que na juventude teria medido mais de um metro e setenta e cinco de altura. Vestia uma túnica cinza, calça de moletom branca e chinelos.

José olhou o velhinho e foi direto ao assunto:

— Cadê os gibis antigos que o senhor tem para vender?

— Calma rapaz. Falou o idoso com a voz cansada. Logo ambos teremos acesso ao que queremos.

José não entendeu muito bem o que o ancião quis dizer com aquilo, mas o seguiu até dentro do apartamento.

O cheiro que sentiu lá dentro, era uma mistura de mofo com coisa estragada.

O velho o levou por entre cômodos cheios de quinquilharias amontoadas. Era com certeza um desses acumuladores que se via em alguns programas de TV.

O jovem notou algumas estátuas de entidades desconhecidas pelo chão e quadros bem estranhos nas paredes. Não apreciam retratar nada em especial, mas mexiam com a mente se olhados com insistência.

Velas de cores diferentes iluminavam cada ambiente do apartamento.

Chegaram enfim a um quarto minúsculo com pilhas e mais pilhas de revistas e gibis antigos.

O ancião lhe fez um gesto para que entrasse e olhasse o que quisesse.

José esqueceu todo o resto e se concentrou em observar o verdadeiro tesouro que se encontrava na sua frente. Toda a aventura que vivera para chegar até ali havia valido a pena.

Achou edições antigas de todas as revistas que colecionava. Primeiros números de gibis de lobisomem, Drácula e outros vampiros, demônios e todos os demais monstros e criaturas que tanto cultuava.

Um festival de mortes, cultos demoníacos de sacrifícios humanos, cenas de desmembramentos e sangue derramado sem restrições. Totalmente diferente do jeito fresco com que se escrevem e desenham os gibis e revistas em quadrinhos que se faz atualmente.

O enigmático senhor só observava o jeito que José se desligava de tudo ao folhear as revistas e gibis.

O jovem olhou no relógio e viu que já estava naquele quartinho a mais de duas horas. Mas para ele pareceram cinco minutos de tanta coisa de que tinha gostado.

Se levantou e olhou o ancião, perguntando:

— Quanto custa cada gibi deste?

E apontava para a pilha que fizera com as melhores revistas em quadrinhos que encontrara. Parecia mágica, mas eram exatamente todos os que faltavam para completar a coleção do seu tio.

— O preço normal de cada um destes gibis ou HQs, como a molecada prefere chamar, é cinquenta reais. São extremamente raros e estão em ótimo estado de conservação como você já deve ter visto.

José pensou na cara de felicidade que seu tio faria quando visse aqueles gibis raros. Mas comprar todos de uma vez estava fora de cogitação, pois custariam mais de dois mil reais.

— Posso pagar alguns e o senhor reservar os outros até o final do mês? É quando eu recebo o salário.

— Infelizmente, não! Tenho muitos clientes que querem esses gibis e estão correndo atrás de dinheiro para poderem voltar e comprar.

— Aceita cartão de crédito?

— Só dinheiro, mesmo.

José ficou desolado e não imaginava uma saída para a situação. Ele nunca vira nenhum daqueles gibis em sebos e agora achou todos em um mesmo lugar. Essa sorte nunca mais se repetiria. Provavelmente comprariam todos antes que ele voltasse dentro de quinze dias. Nem pensava em pedir dinheiro para o seu tio, pois este estava vivendo somente com a aposentadoria e a sua tia não daria jamais dinheiro para comprar mais revistas.

Se preparava para comprar e levar apenas os que podia pagar, quando o velho lhe falou:

— Existe um jeito de você ficar com todos.

O jovem olhou o ancião, subitamente interessado no que ele iria propor.

— Se você cumprir um pequeno ritual que eu faço com os clientes especiais, eles serão seus gratuitamente.

— Se o senhor ousar insinuar alguma coisa relativa a sexo, vamos ter problemas.

O velho riu e falou:

— Fica tranquilo que não é nada disso e não vai precisar roubar e nem matar.
— O que tenho que fazer então?
— Ler um gibi especial que tenho guardado em minha coleção especial.
— Só isso?
— Não é só isso! Entenda o que estou te pedindo. Esse gibi é místico e não está à venda em lugar nenhum.
— Mas não é só eu ler?
— Sim. Você ainda poderá escolher entre as suas muitas histórias. Precisará ler somente uma. Nem precisa ser o gibi todo.
— E qual é a dificuldade?
— São histórias em quadrinhos de terror extremo. De uma violência e maldade além do que está acostumado a ler.
— Eu não me assusto fácil.
— Se não ler uma história inteira do gibi, o trato estará quebrado e as outras revistas ficam comigo.
— E se eu ler?
— Então o seu tio receberá na casa dele todos os que estão naquela pilha e mais uma cópia fiel deste gibi especial.
— Como assim, meu tio vai receber? E como sabe que eu tenho um tio?
— Acho que você comentou sobre ele comigo ou com o jornaleiro. Aliás, fazendo o acordo comigo, também livrará a cara dele.
— Como assim?
— É que fiz um acordo parecido com ele. Lhe entreguei algo que lhe era muito apreciado e em troca ele ficou de me arrumar cinco clientes iguais a você.
— Iguais a mim, como?
— Dispostos a tudo para realizar a compra perfeita. E você pode ser o quinto que ele me enviou.
— Como assim posso ser o quinto? Já não estou aqui?

— No meu acordo com ele, só valiam clientes que também aceitassem fazer esse pacto comigo.
— Então você é um sádico que prefere jogar a receber o dinheiro?
O ancião gargalhou e falou:
— Na minha idade, o dinheiro já não é tão importante. A diversão sim.
— Então alguns não tiveram coragem de ler o gibi?
— Isso mesmo. Enquanto outros recusaram tarefas diferentes. Não forço ninguém. Só participa quem por livre vontade concordar.
— Faltou responder uma coisa.
— O que?
— Por que eu mesmo não posso levar os gibis para casa?
— Digamos que seria uma surpresa maior para o seu tio e por outro motivo.
— Qual?
— Quando você terminar de ler a história, ficará meio que "preso" nela.
Dessa vez a gargalhada do velho dava para ser ouvida andares abaixo.
José sentiu um frio lhe congelar a espinha, mas decidiu ir até o fim.
— O senhor não conseguiu me assustar. Pode trazer o gibi!
O ancião apenas levantou a mão direita e nela já apareceu o tal gibi especial.
José o pegou e após se sentar em uma cadeira, começou a folhear as histórias em quadrinhos para escolher a que mais o agradasse. A perfeição dos desenhos era impressionante demais.
Viu contos de lobisomens, de vampiros, de demônios e de fantasmas.
Olhou um de um assassino assustador que cortava lentamente pequenos pedaços dos corpos das suas vítimas enquanto

estas ainda estavam vivas. Depois comia algumas partes com elas tendo de assistir. Decidiu ler essa.

— Bela escolha. Disse o velho por trás dele.

José nem lhe deu atenção e começou a ler rapidamente. Quanto antes terminasse, mais cedo iria voltar para casa.

O rosto do assassino parecia encará-lo. E as vítimas davam a impressão de lhe pedir socorro. Nunca tinha lido algo que parecesse tão real. As cores, as expressões, tudo naquele gibi era por demais incrível.

Finalmente chegou ao fim da penúltima página e se animou. Fora difícil aguentar até ali. Cenas fortes demais. Agora seria só virar a página e ler a última. O canibal estaria com a sua derradeira vítima amarrada na mesa onde ele as estripava.

Para a sua surpresa, notou que não havia ninguém atado a ela.

Na cena do primeiro quadrinho, estava somente o assassino com a faca de açougueiro na mão, com os olhos famintos e enlouquecidos cravados em José.

Então o rapaz foi perdendo a noção da realidade, sentindo o seu corpo se desvanecendo aos poucos e percebendo os olhos do canibal cada vez mais próximos dele...

Uma semana depois, Mário se encontrava sentado cabisbaixo no sofá da sua sala. Ele já tinha chorado tudo o que podia desde o desaparecimento de seu sobrinho José.

A polícia não encontrou pista nenhuma de seu paradeiro e até insinuaram que ele poderia ter simplesmente fugido. Mas Mário conhecia-o suficientemente bem para saber que não faria aquilo com eles. Sua esposa também estava desolada.

Foi quando o caminhão do correio buzinou na porta da sua casa para lhe entregar um pacote enorme.

Mário a princípio não se interessou, mas depois que olhou o remetente, se animou e chamou a esposa para ver. Era de José.

Achou colada no pacote, uma carta de seu sobrinho onde

este dizia ter recebido uma proposta de emprego de outro país e que teve de embarcar imediatamente. Se desculpava por não ter avisado e esperava que um dia o perdoassem.

Mário deixou que uma lágrima escorresse de seus olhos e abraçou a esposa. Pelo menos ele estava vivo. Irresponsável, mas vivo, completou a sua esposa.

Ambos viram que o jeito era se conformar com a escolha do sobrinho amado.

No final da carta, José ainda falou que mandou um presente para o tio se lembrar sempre dele com carinho.

Mário abriu o pacote e viu dentro todos os gibis que faltavam em sua coleção e mais um diferente, no qual não constava editora ou número. Por mais que conhecesse gibis, jamais tinha sequer ouvido falar daquele. A qualidade era de arrepiar.

Começou a folhear as suas páginas distraidamente até que chegou na história do canibal. Algo fez com que a sua atenção se voltasse toda para ali.

Leu a história desesperadamente e quando chegou na última página, a sua cara totalmente sem cor denunciava o seu assombro.

Percebeu que o jovem atado e sangrando na mesa do canibal era idêntico ao seu sobrinho! Os seus olhos arregalados mostravam todo o terror que sentia.

E o assassino parecia se deliciar com a faca, cortando-o lentamente, pedaço por pedaço...

TRIBUNAL

Eduardo relutava em se levantar da cama naquele dia que prometia ser um dos mais enfadonhos de sua vida.

O celular já tocara repetidamente aquela música insuportável do despertador.

O tempo lá fora parecia colaborar com o seu estado de espírito, pois chovia torrencialmente e o céu acinzentado, quase negro, teimava em querer negar que fossem apenas oito horas da manhã.

Mas viu que não tinha outro jeito e se levantou. O compromisso daquele dia era inadiável.

Eduardo era um jovem de pele bronzeada que completara trinta anos de idade. Muito bem-apessoado e solteiro. Morava sozinho por opção e tinha a vida financeira praticamente resolvida. Media um metro e oitenta e possuía compleição física moderada. Os seus cabelos pretos eram cortados bem rentes e os seus olhos azuis completavam o rosto agradável.

Eduardo fora convocado para ir até o tribunal junto com mais treze pessoas para que um promotor e um advogado de defesa escolhessem entre eles, os sete jurados no julgamento de um homem acusado de ser o autor de múltiplos assassinatos.

Sem ter outra saída, Eduardo fez a sua higiene rotineira no banheiro, tomou um farto café da manhã e vestiu um de seus ternos. Desceu até a garagem de seu prédio e se deslocou de carro até o longínquo tribunal de justiça.

A chuva parecia querer inundar a cidade e o trânsito estava caótico. Ele se livrou dos caminhos onde sabia que sempre ocorriam alagamentos e com muito custo, chegou até o seu local de destino.

Só chegou dentro do horário por ser precavido e ter saído de casa muito tempo antes do que normalmente faria. Foi a sua sorte, pois levou mais de duas horas para percorrer um trajeto que sem chuva completaria em uma hora apenas.

Tudo pelo pavor de ter que dever algo para a justiça. Era um homem que sempre cumpria com os seus compromissos.

Passou pela revista de praxe e foi de elevador até o andar designado para o julgamento do qual torcia para não ser escolhido.

Ainda faltavam mais de quarenta minutos para o início e, portanto, não estranhou que ele fosse a única pessoa convocada a já estar no local.

Pegou o seu celular e procurou se distrair com um joguinho qualquer enquanto aguardava.

Faltando meia hora para o julgamento, viu um rebuliço próximo e observou quando um homem com uniforme de presídio era trazido algemado.

Quando o cortejo de quatro policiais e mais dois seguranças do tribunal passaram por ele, pode observar detalhadamente o preso: possuía pele branca, media no mínimo um metro e noventa de altura e era bem forte. A cabeça estava completamente raspada e uma cicatriz horrível rasgava a sua bochecha esquerda. Diversas tatuagens de demônios e outras criaturas infernais preenchiam os seus braços completamente. As calças do uniforme de presidiário que vestia, chegavam apenas até as suas canelas e a camiseta estava a ponto de estourar na região de seu tórax avantajado. Um chinelo completava a sua indumentária.

Quando passou em frente a Eduardo, lhe lançou um olhar que congelou a alma do rapaz. Nunca vira tanta maldade na vida. Era quase palpável.

Abaixou a cabeça e rezou mais ainda para ser dispensado daquele compromisso terrível.

Após algum tempo, viu a figura imponente de uma mulher que chegava. Bastou um olhar para ter certeza de que ela seria a juíza do caso.

Vestia um conjunto cinza de grife muito bem ajustado ao seu corpo esguio. Os cabelos pretos que deviam ser compridos, estavam arrumados em um coque discreto. Teria no máximo uns quarenta anos e a sua pele branca e bem cuidada era emoldurada no rosto por dois lindos olhos verdes.

Ela passou por ele sem nem sequer lhe dirigir o olhar e foi até a sua sala para acabar os preparativos.

Nisso foram chegando mais algumas das testemunhas e o auxiliar da juíza avisou que o julgamento atrasaria devido à chuva.

Após mais duas intermináveis horas, ele avisou que as pessoas designadas como possíveis testemunhas, deveriam comparecer até uma sala onde o promotor e o advogado de defesa escolheriam os que realmente fariam parte do julgamento.

Eduardo sentiu um calafrio e rezou como nunca para ser dispensado daquele pesadelo.

Foram perfilados e o promotor e o advogado, de posse da ficha de todos, começaram árdua tarefa de escolher sete entre os quatorze.

Detalhes como idade, profissão, sexo e outros eram determinantes para que a testemunha fosse escolhida ou preterida.

O promotor procurava escolher o tipo de testemunha com perfil condizente a condenar o réu e o advogado, as que talvez o absolvessem.

Eduardo estava suando frio e o seu coração pulava no peito. O promotor dispensara três pessoas e o advogado outras duas. O júri já tinha cinco componentes. Só restavam quatro escolhas. Então teríamos os últimos dois dispensados e os que completariam o efetivo do julgamento.

O rapaz agora estava já tremendo. Tinha duas chances de escapar daquela tortura.

O promotor e o advogado escolheram mais um para ficar. Agora restaram três pessoas e uma vaga apenas no júri.

João já começava a se sentir confiante e com esperanças de escapar ileso dessa.

Então, tanto o promotor quanto o advogado escolheram o último componente do importante julgamento: exatamente o João!

O rapaz não acreditou no azar e ficou amarelo, quase desfalecendo. Pensou em inventar uma desculpa qualquer, mas sabia que o seu destino já fora traçado.

Os sete escolhidos foram direcionados até a sala da juíza, que os orientou sobre os procedimentos acerca do julgamento. A partir daquele momento, perderiam o contato com o mundo exterior e só iriam retornar as respectivas casas após o final de tudo.

Um trovão ensurdecedor finalizou o clima posterior as palavras da meritíssima. A natureza parecia zombar da má sorte dos sete jurados.

Esses eram compostos por cinco homens e duas mulheres. Eduardo e mais seis.

Ele sabia que nem dividir as suas impressões com os outros jurados seria possível. Nenhum deles poderia expor as suas opiniões.

Passou a observar as duas juradas. A primeira delas era

uma senhora de cinquenta e cinco anos, negra, cabelos brancos, corpo roliço e aparência de quem nunca fez uma maldade na vida.

Olhou em direção da outra testemunha e o que viu o fez esquecer o julgamento: loira, aparentando trinta anos, olhos azuis e um corpo escultural contido em um vestido justo.

Mas ela, percebendo o seu interesse, apenas o olhou com desdém.

Logo, todos entraram na sala do julgamento e tudo o mais ficou para trás.

Cada jurado foi direcionado até uma cadeira. Todas posicionadas na lateral da sala e de frente para as peças principais: Juíza, promotor, réu e advogado.

A juíza passou a palavra ao promotor que se levantou e apresentou o caso da seguinte forma:

— Prezados membros do júri! Estamos aqui para condenar de forma exemplar esse monstro que se encontra sentado atrás de mim! Ele assassinou, mutilou e desmembrou vinte e duas pessoas.

— É réu confesso! Sentiu um prazer imenso em confessar cada um dos crimes quando foi preso. E não se arrependeu de nada do que fez. Só foi preso porque uma das vítimas sobreviveu por tempo suficiente para fazer uma ligação para a polícia o acusando. Quando chegaram ao local, a vítima já estava morta e esquartejada. Mas com os dados em mãos, foi relativamente fácil para a polícia encontrar o endereço do autor e cercá-lo sem dar chances de ele reagir ao se ver na mira de várias armas.

Eduardo neste momento, olhou para o acusado e viu em seu olhar um misto de sadismo e ódio.

O advogado público, se levantou e começou o seu discurso na clara intenção de alegar a insanidade do réu. Mas mal começou a insinuar isso e já foi logo cortado pelo acusado que bradou:

— Eu não sou louco! Matei aquelas pessoas porque quis! E vou matar muitas mais se conseguir sair daqui.

A sua voz era como a de um urso enlouquecido. Saliva saia pelos cantos de sua boca e os olhos avermelhados inspiravam terror.

A juíza o mandou se calar, mas ele replicou:

— Vou te matar, sua vaca! E esses jurados também! Se puder, vou acabar com a vida de todos neste prédio.

A juíza interrompeu o julgamento e após o réu ser contido pelos seguranças do tribunal e ser inclusive amordaçado, reiniciou-se o processo.

As testemunhas de acusação se pronunciaram e expressaram alívio após serem dispensadas e trataram de ir embora daquele ambiente mórbido.

Foi a hora dos jurados verem as fotos das pessoas mortas.

Dois deles precisaram ir ao banheiro vomitar devido ao estado em que se encontravam os corpos.

Eduardo quase precisou ir também, mas conseguiu se controlar.

O veredito, após intermináveis horas de julgamento, não poderia ser outro: culpado por unanimidade!

O agora condenado se remexeu na cadeira na qual estava imobilizado e os seus olhos demonstravam toda a revolta que sentia.

Já passava da meia noite e os únicos presentes no tribunal eram os envolvidos naquele julgamento.

A juíza ordenou o imediato retorno do preso até o presídio federal onde já aguardava o julgamento preso a três anos. Mas dessa vez, iria em definitivo. Sua pena, somadas todas as condenações, daria um total de trezentos anos de prisão.

Lá fora, a chuva castigava ainda mais e raios e trovões despencavam do céu escuro.

Devido à alta periculosidade do condenado, este seria levado imediatamente até a viatura que o conduziria com escolta até a prisão definitiva.

Mas o destino quis interferir da forma mais bizarra que poderia...

No exato momento em que Isaias, esse era o nome do monstro, era conduzido até o veículo, um raio caiu.

O condenado foi atingido pela maior parte da descarga elétrica. Todos os outros integrantes do cortejo desmaiaram na mesma hora.

Assim que foram recobrando os sentidos, perceberam que o prisioneiro estava morto. O seu corpo chegava a emitir algumas faíscas pelas algemas.

Resolveram carregá-lo de volta ao prédio do tribunal, mas outro raio caiu próximo a eles e todos largaram Isaias no chão e correram de volta para o prédio, onde os para-raios lhes protegeriam.

Um dos seguranças ainda argumentou que não seria cristão largá-lo do lado de fora, mas foi calado por outro raio que atingiu a fiação elétrica de um poste próximo, provocando um curto circuito e por consequência acabando com a energia elétrica nas imediações.

Não poderia ser natural tantos raios em um mesmo local. O presságio não poderia ser pior.

Assim, optaram por adentrar apressadamente o edifício para se juntarem aos demais desafortunados. Outro dos seguranças falou enquanto subiam as escadas:

— O que mais poderia acontecer de ruim com Isaias? Já está morto mesmo!

— E merecidamente! Completou outro guarda.

Com o aumento da chuva, as ruas em volta do prédio ficaram inundadas, sendo impossível o trânsito de carros.

Todo mundo que ainda permanecia no tribunal, seria obrigado a pernoitar por lá.

Agora a chuva aumentara ainda mais e o subsolo do prédio já estava inundado.

A juíza ordenou que todos se concentrassem no quinto

andar, onde fora realizado o julgamento, acreditando que ali estariam livres da inundação.

Cumpriram com essa determinação com certa dificuldade, pois somente as luzes de emergência iluminavam precariamente o prédio.

Contando com os sobreviventes do raio, dezoito pessoas estavam no edifício nesse momento: a juíza, os sete jurados, o promotor, o advogado, três seguranças do tribunal e cinco integrantes da escolta.

A juíza olhou para a porta da sala em que estava e percebeu a entrada dos integrantes da comitiva que conduziria o preso até a penitenciária e falou:

— O que ainda estão fazendo aqui?

— As ruas estão inundadas excelência. Respondeu um dos seguranças. Foi impossível sair do prédio.

— Achei que pelo menos vocês teriam conseguido antes da inundação. E o preso? Onde o deixaram?

— Ele foi eletrocutado por um raio. Quase morremos também.

— Lamentável. Onde deixaram o seu corpo?

— Iríamos trazê-lo para dentro, mas outro raio atingiu o poste e acabou com a energia elétrica.

— Largaram o corpo dele no meio da calçada? É isso que estão me dizendo?

— Meritíssima, ficamos com medo de morrer também.

— Podem ter certeza de que essa atitude de vocês não ficará impune! Bradou a juíza.

Nisso, soou um trovão assustador e outro raio atingiu novamente a entrada do prédio, exatamente onde estava o corpo do assassino confesso.

— Está vendo Excelência? Ficar ali seria morte certa. Argumentou o guarda.

— Assim que terminar essa chuva maldita, vocês providenciarão o recolhimento do corpo e rezem para nada acontecer com ele neste meio tempo.

— Se a enxurrada o levar, por exemplo, terão que prestar contas do sumiço. Ele está sob a responsabilidade deste tribunal.

Os guardas foram se secar e deixaram a sala.

Momento em que um grunhido horrendo pôde ser ouvido na noite.

Todos experimentaram um arrepio involuntário.

— Deve ser algum animal. Falou Eduardo mais para se acalmar do que por acreditar nisso mesmo.

Agora, ouviu-se o barulho do vidro da porta principal de entrada do prédio se estilhaçando.

— Alguém tem que descer para ver o que está acontecendo. Ordenou a juíza.

— Deve ter sido o vento, senhora.

— Mandei ir lá ver! Desçam dois de vocês agora!

Vendo que não tinha outro jeito, dois dos seguranças verificaram as suas armas e foram em direção das escadas.

Chegaram no andar térreo onde viram que se o ângulo da calçada não fosse inclinado para a rua, a água da chuva já teria invadido aquele piso, como aconteceu no subsolo onde ficava a garagem do tribunal.

Olharam para a porta de entrada e observaram que estava aberta e com vidro espalhado pelo chão.

O pior ainda viria em seguida: o corpo de Isaias havia sumido!

Mas isso se tornou uma preocupação menor quando ouviram passos atrás deles.

Ao se virarem, não tiveram tempo para mais nada. Duas mãos enormes seguraram em suas cabeças e as bateram uma de encontro à outra, rachando-as como melões.

Então o assassino observou um machado para incêndio preso em um vidro na parede e um sorriso diabólico cortou o seu rosto...

Eduardo estava congelado de pavor, sentado em uma cadeira. Invejava algumas pessoas que dormiam em meio a tudo que acontecia.

Os guardas que desceram para investigar o barulho lá embaixo ainda não tinham voltado.

A juíza, que também estava tensa, logo sugeriu que os demais seguranças e agentes da lei fossem verificar o que tinha acontecido com os anteriores.

O promotor argumentou com a juíza que era melhor deixar pelo menos dois deles fazendo a segurança do local. A juíza concordou e então quatro desceram a escadaria, com as armas nas mãos. O último dos seguranças do tribunal e três membros da malfadada escolta.

Ainda estavam na curva da escada no segundo andar quando uma machadada atingiu o crânio do que estava mais à frente, partindo-o em dois e jorrando sangue. O seu corpo atrapalhava os movimentos dos demais, que não conseguiam ver direito quem os atacava.

O machado se moveu novamente, desta vez se cravando no peito de um membro da escolta.

Agora o assassino se mostrou e os dois sobreviventes viram Isaias. Parte de seu rosto estava marcado pelos efeitos dos raios e apresentava queimaduras horrendas.

O seu olhar era de puro ódio. Não falava mais. Só grunhidos guturais saiam de sua boca disforme.

Rapidamente, os dois homens começaram a disparar as suas armas contra aquele corpo imenso. Apesar do pânico, conseguiram acertar pelo menos dez balas no peito daquela aberração.

Gritaram de prazer quando viram o gigante cair no chão, ainda segurando o machado.

De alguma forma que a ciência não poderia explicar, o mesmo tipo de raio que causou a morte daquele monstro, também o ressuscitou.

Eles olharam para o corpo inerte e depois para os corpos dos amigos mortos. Pelo menos aquela loucura terminara.

Deram as costas para o assassino e se preocuparam em

avisar pelo rádio comunicador aos demais sobre o acontecido. Que se danassem se não acreditassem neles.

Mal acabaram de narrar os fatos e antes de desligarem, ouviram um barulho de machado se arrastando pelo piso.

Não houve tempo para mais nada. Os seus corpos foram despedaçados impiedosamente enquanto do outro lado da linha os seus interlocutores se desesperaram com os barulhos vindos de lá.

Agora o pânico se instalou de vez entre os sobreviventes.

A juíza se encolheu em sua poltrona quando ouviu pelo rádio os gritos e grunhidos vindos dos andares inferiores.

Não acreditava no sobrenatural, mas sabia que alguém estava matando pessoas naquele prédio e isso era o suficiente para que se apavorasse. A identidade do assassino era o que menos importava.

Eduardo se benzeu involuntariamente assim que começou a ouvir os primeiros barulhos e agora o rosto de Isaias não saia mais de sua mente. Ele prometera matar a todos.

O promotor tomou a frente nas decisões e mandou que trancassem a porta da sala.

O advogado tremia encolhido em um canto.

Os guardas sobreviventes já empunhavam as suas armas e as apontavam em direção da porta.

As duas juradas agiam de formas distintas. A idosa negra, de nome Benedita, apresentava o semblante ainda sereno e orava por uma solução. A loira voluptuosa, de nome Sônia, chorava copiosamente e amaldiçoava e todos por estar ali.

Os outros quatro jurados se reuniram em um canto afastado e confabulavam alguma ideia para saírem daquela enrascada. Logo um deles falou em nome de todos:

— Vamos sair desta sala e tentar a sorte lá fora. Não seremos abatidos como coelhos. Vamos tentar nos esconder em outro local e se tivermos a chance, enfrentaremos a chuva e os raios, que neste momento já não parecem tão ruins.

A juíza e o promotor argumentaram, mas com a tensão criada, logo cederam e deixaram que saíssem da sala. O advogado de Isaias foi junto com eles.

Logo, um dos guardas trancou a porta novamente.

O quinteto começou a correr pelos corredores em busca da melhor opção. Uns queriam subir e se esconder nos andares de cima, outros achavam que era melhor tentar sair do prédio.

Assim, três desceram e dois subiram.

Os jurados que optaram por descer, nem saíram do andar e já cruzaram com Isaias, que os matou a golpes de machado rapidamente.

O jurado sobrevivente e o advogado, escutaram os seus gritos e isso os fez correr mais ainda.

Mas para a desgraça deles, o acesso aos andares superiores já havia sido bloqueado pelo assassino. Ele fechou as portas corta fogo da escada do quinto para o sexto andar e torceu uma barra de ferro nela, travando assim as suas duas partes. E o elevador já estava sem funcionar devido ao corte de energia.

Tentaram então se esconder em outras salas.

O jurado sentiu a urina escorrer involuntariamente pelas suas pernas quando ouviu a porta da sala onde se escondia se abrir de uma vez.

Isaias viu o líquido começando a sair por baixo de uma mesa e quando a empurrou, o seu olhar impiedoso cruzou com o do jurado, encolhido e apavorado. Apenas levantou o machado e desferiu um golpe só enquanto a sua vítima gritava e chorava.

O machado penetrou profundamente nas costas dele, calando os seus gritos para sempre.

O advogado saiu de seu esconderijo e tentou argumentar com Isaias sobre ter feito tudo para defendê-lo. Quando a sua cabeça rolou de seu corpo, ele deve ter entendido que o seu "cliente" não estava disposto a conversar.

Enquanto isso, o desespero na sala da juíza alcançava proporções devastadoras.

Agora só restavam cinco pessoas vivas...

A juíza olhou desesperada para os dois membros da escolta restantes e falou:

— Vão vocês dois lá fora e matem de uma vez este assassino!

— Vai você, sua vaca! Não lembra o que aconteceu com os outros que obedeceram às suas ordens? Disse um dos homens.

— Vocês são os únicos armados! Esbravejou o promotor!

— Se quiser tentar a sorte lá fora, pode pegar a minha arma. Retrucou o outro membro da escolta.

Foi quando o barulho de um machado contra a porta calou a todos.

Isaias segurava o machado com as duas mãos e a cada golpe, a porta tremia mais e mais.

Buracos já eram vistos em sua estrutura. Mesmo sendo feita de carvalho, não aguentaria por muito mais tempo.

O grupo se desesperou e os guardas começaram a atirar na porta.

— Só estão gastando balas à toa, seus idiotas! Disse o promotor.

A juíza se encolheu mais ainda em sua cadeira. Não restava nem sombra da sua figura outrora imponente. Era só o medo puro que se via em seu rosto.

A dona Benedita rezava mais e mais.

Sônia se aconchegou em Eduardo, procurando uma segurança maior.

O rapaz abraçou a companheira de infortúnio e pensava em um jeito de saírem vivos dali.

Nisso, a porta se rompeu de vez e o rosto apavorante de Isaias apareceu na frente de todos.

Os guardas descarregaram as suas armas antes de serem mortos por ele.

O promotor passou pelo assassino, tentando fugir, mas o machado deste descreveu um arco e arrancou um tampão de sua nuca.

Agora o psicopata olhava diretamente para a juíza em sua cadeira. Parecia ter esquecido das outras pessoas. O seu cérebro enevoado parecia lembrar da condenação.

A magistrada começou a implorar por seu perdão, mas o assassino levantou o machado com as duas mãos o máximo que podia e movido por uma fúria dantesca, deu um urro animalesco, enquanto desferia um golpe poderoso. Acertou bem no meio da cabeça da juíza e com a força aplicada, o machado penetrou até o começo de seu tórax, ficando preso em seus ossos.

Os três sobreviventes aproveitaram o momento para sair correndo da sala em direção aos andares inferiores.

Isaias se esforçava para desprender o machado do que restava do corpo da juíza.

Eduardo conduzia as duas mulheres escadas abaixo.

Já estavam no segundo andar e a esperança começava a preencher os seus corações.

O casal vinha mais à frente e dona Benedita os acompanhava como podia, devido a idade e condições físicas.

Eduardo ajudava como podia, incentivando e amparando. Agora já chegavam ao primeiro andar.

Quando desceram mais uma escada e viram a entrada do tribunal, foram tomados por um ânimo renovado.

Dona Benedita ia abrindo um sorriso quando sentiu uma dor aguda nas costas e caiu de uma vez só com o rosto no chão. O machado arremessado lhe atingira brutalmente.

Eduardo viu que o assassino se aproximava deles. Não podiam fazer mais nada pela idosa.

Sônia ficou histérica e gritava sem parar. Foi preciso que o rapaz a puxasse com força em direção da saída.

Chegaram na porta com Isaias já colado neles.

Mas ao chegarem na calçada, viram que não conseguiriam acessar a rua, pois a enchente formava um rio e até carros eram arrastados.

Eduardo colocou Sônia atrás dele e se preparou para o pior. Não via mais saída.

Isaias abriu um sorriso e levantou o machado para acabar com a vida do rapaz.

Nisso, o improvável aconteceu novamente. Um raio atingiu a lâmina do machado e o assassino foi eletrocutado novamente.

Eduardo olhou para Sônia, que estava muda e entorpecida e falou:

— Agora acho que ele morreu de vez. Mas só para garantir...

O rapaz pegou o machado no chão e desferiu diversos golpes no corpo inerte do monstro, desmembrando-o completamente.

A moça o olhou sem entender e ele explicou:

— Esse foi o terceiro raio que acertou este assassino no mesmo dia. Se acontecer pela quarta vez, não terá corpo para ressuscitar.

Entraram novamente no prédio e se instalaram em uma sala para esperar o socorro. Observaram que a chuva finalmente dava sinais de que ia diminuir.

A moça ainda abraçada com Eduardo, o olhou de forma sensual e disse:

— Acho melhor tirarmos essa roupa molhada logo para não nos resfriarmos...

A POSSESSÃO

Tudo começou naquele domingo de sol em que Maria aceitou o convite de Carla para irem até uma feira de antiguidades na avenida Paulista.

Maria mudara para aquele bairro com a família há mais de dez anos e desde então eram amigas.

Carla estava com a mãe doente e reclusa.

A moça, que adorava esoterismo e coisas ligadas a magia, acompanhou a amiga de bom grado. Mas não achou nada que lhe agradasse na feira toda e já iam deixar o local quando uma senhora segurou o braço de Maria.

A moça se assustou e já se preparava para reclamar, quando a velhinha lhe falou:

— Tenho algo aqui que precisa ser seu!

Maria observou que a mulher usava um vestido rendado de diversas cores e sandália nos pés. Aparentava ter pelo menos uns sessenta anos. O cabelo comprido e branco estava

solto. Tinha um semblante de alguém muito desesperado.
— Como assim? Eu nem lhe conheço! Retrucou Maria.
— Sou sensitiva e quando você passou em frente à minha barraca, percebi que deveria lhe entregar isso.
E a senhora retirou de uma gaveta um pequeno cubo prateado de metal, oferecendo-o para Maria. O cubo possuía estranhas inscrições em dourado por todos os seus lados. Aparentava ser totalmente lacrado.
— Não dê atenção a esta mulher, Maria! Falou Carla. É uma enganadora, com certeza.
Maria vendo que a sua amiga ficara transtornada ao ver o artefato, recusou o mesmo e falou:
— Eu não quero comprar esta caixa. Além disso, a senhora tem uma forma horrível de abordar as pessoas.
— Você não me entendeu. Esse cubo não está à venda. Desde que o adquiri há anos, esperava um sinal que me mostrasse para quem eu deveria repassá-lo.
— Pois o sinal estava errado. Eu não tenho interesse algum nele.
— Nem o retirei daquela gaveta em todos estes anos. Ele esperava exatamente pela sua pessoa. Alguém de sua família vai ser atingido por um mal milenar.
— Vamos embora, Maria! Disse Carla a puxando pelo braço.
Maria notou a palidez cada vez maior da amiga e falou:
— A senhora está nos assustando. Já falei que não quero!
— Se eu fosse você, não daria as costas para esta oportunidade. Esse cubo é místico. Ele foi criado por magos antigos apenas com a função de proteção contra o mal.
— A única proteção que precisamos é contra gente como a senhora. Quase gritou Carla. Que parte ainda não entendeu?
— Isso mesmo! Concordou Maria.
A idosa recolheu o artefato e previu:
— Você ainda virá desesperada atrás de mim.
Maria saiu com sua amiga do local. Não entendia como aquela louca cismara justo com ela.
Chegou em casa ainda abalada com o contratempo que tivera.

Abraçou a sua mãe Ivone e beijou a sua irmãzinha Flávia de dez anos.

Moravam apenas as três naquela casa depois que o pai morrera em um assalto, anos atrás.

Tomou um banho e foi para o seu quarto dormir.

A semana transcorreu sem problemas, mas no sábado, as coisas começaram a desandar...

A sua irmã que era sempre sorridente, começou a ficar dispersa, perdeu o apetite e aparentava estar doente.

Na terça, a situação persistia e Maria comentou com a amiga Carla:

— Outro dia desses você foi na minha casa e a Flávia estava superbem. Até brincou contigo. Como pôde ficar assim de repente?

— Não deve ser nada. Logo vai brincar de novo.

Mais dois dias e nada de melhorar. Resolveram a levar no médico. Após exames, este não identificou nada que pudesse causar aquela letargia em Flávia. Mas receitou vitaminas.

Mais dias se passaram e a criança só piorava.

Mas isso era somente o começo...

Logo os problemas de verdade apareceram e Flávia mudou novamente de comportamento. E para pior.

Agora se tornou agressiva e arredia.

Estavam as três reunidas no jantar quando Ivone insistiu para que a filha menor comesse um pouco mais. Flávia a olhou e sem dizer uma única palavra, simplesmente atirou o prato no rosto da mãe, lhe ferindo o supercílio.

Enquanto acompanhava o desespero da mãe para estancar o sangramento, Maria olhou de relance para a irmã e viu por segundos um sorriso em seu rosto e os seus olhos enegrecerem. Depois voltaram ao normal e Flávia perguntou por que a mamãe estava sangrando.

Maria teve certeza de que a irmã estava sendo sincera e que não lembrava de nada do que tinha feito.

E os dias se sucederam assim, com Flávia causando cada vez mais problemas e com a família desesperada por uma solução.

Até em psiquiatra a levaram para verificar se ela portava alguma doença mental, mas os exames não acusaram nada.
Até um padre foi chamado para rezar e benzer a casa.
Ele se trancou no quarto com a menina e começou a fazer uma oração. De repente, coisas começaram a voar pelo quarto e o rosto de Flávia se transfigurou e ganhou um aspecto demoníaco.
O religioso saiu de lá assustado e não voltou mais.
Foi quando Maria se lembrou da mulher que a interpelou na feira de antiguidades, semanas atrás.
Como não tinha nenhum telefone de contato dela, esperou até o próximo domingo para ver se a encontrava novamente.
No domingo, tentou encontrar a sua vizinha e amiga Carla para irem juntas, mas não a encontrou, decidindo ir sozinha mesmo.
Chegou na feira e rodou por todos os espaços e nada de encontrar a mulher.
Já se desesperava quando esta tocou-lhe o braço.
Maria tomou um susto e falou:
— A senhora sempre faz assim?
— Meu nome é Numia e como eu disse antes, sabia que iria voltar até a mim.
— Como poderia ter tanta certeza?
— Senti o ar impregnado a sua volta. Péssima premonição. Quem da sua família está possuído?
— Possuído? Não! Minha irmã só está estranha.
— Ainda se iludindo, garota? O tempo que temos está cada vez mais escasso.
E Numia retirou da gaveta o cubo que já ofertara anteriormente a Maria. Desta vez a moça o pegou.
— O que faço agora?
Nós faremos! Se me permitir, quero ir até a sua casa contigo. Só me espere fechar a minha barraca.
E assim fizeram.
Foi só Numia entrar na casa para sentir-se mal. Precisou ser amparada por Maria para não cair.
— A situação está pior do que eu imaginava. Me leve até a sua irmã, rápido.

Ambas subiram as escadas e entraram no quarto de Flávia. Esta brincava com uma boneca e assistia televisão.

Mas ao ver Numia, tudo mudou. O seu corpo se moveu de uma forma que parecia não ter ossos. Se contorcia para todos os lados.

— Saia daqui sua maldita! Disse a menina com uma voz que parecia ter saído das profundezas do inferno.

— Esse corpo me pertence! Eu o comprei em uma barganha! Ninguém vai tirá-la de mim!

— Mentira! Minha irmã não é sua! Gritou Maria.

— É sim! Eu fiz um pacto por ela!

— Nós não fizemos pacto nenhum com você! Insistiu Maria.

— Quem é você? Perguntou Numia.

— Alguém que concede desejos em troca de almas.

— Está enganado, demônio! Ninguém te ofereceu a alma de Flávia, disse a mãe dela que também adentrara o quarto.

— Eu nunca me engano! Em dois dias, estará tudo consumado e retornarei com a alma dela até o inferno, deixando aqui apenas uma casca apodrecida.

E o demônio gargalhou insanamente.

— Quem fez esse pacto com você oferecendo a menina? Perguntou Numia.

— Isso eu não direi. Os meus acordos são sigilosos e os cumpro sempre que a outra parte não me decepciona e no caso desta menina, fiquei amplamente satisfeito.

Um sorriso apareceu no rosto de Flávia e o seu corpo pareceu definhar mais um pouco.

Nisso, Numia pediu o cubo para Maria e o estendeu na frente da menina.

Recitou algumas palavras em uma língua antiga, pressionando as inscrições e uma energia saiu do artefato místico, paralisando o demônio.

— Reconhece isso?

— O cubo de Askan? Como o conseguiu?

Pela primeira vez, o demônio demonstrava alguma insegurança ao se sentir preso.

— Está comigo a anos e sabia que um dia alguém necessitaria de seus poderes.
— Nem sabe o que tem nas mãos, sua vadia! Gritou o demônio.
— Sou iniciada na ordem dos magos, demônio. Esse cubo pode prendê-lo dentro dele por séculos. Basta eu completar o ritual.
— Mas aí a menina iria comigo, sendo torturada incansavelmente por todo esse tempo. É o que querem?
— Não! Disse a mãe de Flávia.
— A outra opção é ela ser torturada no inferno? Não vejo diferença para a pobre menina. Argumentou Numia.
— Se não tiver outro jeito, é o que faremos. Bradou Maria de forma taxativa.
Sua mãe começou a chorar, não vendo saída para Flávia.
Numia continuou o ritual e o demônio urrou de dor.
— Qual o seu nome, demônio?
— Jamais saberá, vadia!
— Então adeus! E Numia passou os dedos nas inscrições, fazendo o cubo começar a se abrir.
O demônio se desesperou e gritou:
— Meu nome é Askitol! Satisfeita, sua maldita?
— Eu te conheço. É um tipo de gênio infernal. Suas barganhas sempre terminam mal para quem o invoca. Ganha as almas dos que são movidos pela cobiça. Dos que almejam conquistas sem o devido esforço.
Askitol sorriu com esforço e falou:
— Podemos ter uma outra forma de resolvermos esse impasse.
— Estamos ouvindo. Numia concordou. O que propõe?
— Eu liberto a menina e vocês destroem o artefato!
— Mas aí você ficaria livre. Sei que você tem que possuir alguém e sugar toda a sua energia até a morte da pessoa antes de retornar ao inferno para aguardar o próximo pacto. Estudei como funcionam os acordos com demônios do seu tipo.
Askitol olhou com ódio para Numia ao perceber que esta conhecia o seu poder e as suas fraquezas.

— Tenho uma contraproposta. Falou Maria.
O demônio olhou fixamente para ela e retrucou:
— Quer fazer um pacto comigo?
— Você disse que alguém o convocou e ofereceu a alma de minha irmã em troca de algo, não foi?
— Sim. Eu nunca minto. Fizeram um ritual com pertences dela. Então me invocaram e eu energizei um objeto que ao contato com a sua irmã, selou o acordo.
— O que a pessoa pediu em troca?
— Isso eu não posso revelar.
Numia começou outra conjuração e Askitol sentiu uma imensa dor e percebeu que seria preso no cubo.
— Eu digo! A pessoa queria liberar a mãe dela. A velha fez um pacto comigo por dinheiro a muito tempo atrás e quando eu iria carregá-la comigo, a filha me ofereceu esta barganha.
— Pois agora eu quero fazer um acordo com você.
— Isso está ficando interessante. O demônio no corpo de Flávia gargalhou, apesar da dor que sentia.
— Cuidado, Maria. Disse Numia.
— Calma. O que tenho a propor é o seguinte: a troca da alma de minha irmã inocente por duas almas culpadas.
— E o cubo?
— O artefato ficará conosco para o caso de você não cumprir a sua parte do trato.
— Então vou ter que revelar quem me entregou a sua irmã?
— Não precisa, disse Maria chorando. Quando você falou do objeto que energizou e que a pessoa teria que colocar em contato com Flávia, logo olhei para a pulseira que a minha irmã tem no pulso.
— Foi Carla quem lhe deu, logo antes de começarem os problemas da sua possessão. Maria desatou a chorar por saber que a sua melhor amiga fizera aquilo com a sua irmãzinha.
— A sua melhor amiga. O demônio riu.
— Temos um acordo? Interrompeu uma determinada Maria.
— Sim! Só preciso de algo de Carla, pois a mãe dela eu já controlo.

Maria abriu a sua bolsa e pegou a sua escova que havia emprestado para Carla no dia anterior e retirou dela alguns fios de cabelo da amiga.
— E agora?
Essa pulseira que está com a sua irmã, deve ser colocada no braço dela, ainda hoje. Isso completara o ritual. A não ser que usem o cubo de Askan.
— Não há a menor chance de isto acontecer. Quero que elas apodreçam no inferno! E sem o cubo, não haverá escapatória. Maria era puro ódio.
A moça foi até a casa da amiga, sendo recebida por mãe e filha.
A mãe de Carla estava com a aparência ótima e parecia que nunca tinha estado doente.
Maria olhou as duas e procurou disfarçar os sentimentos que sentia.
— Flávia está bem? Ela ousou perguntar.
— Ainda está doente, mas tenho certeza de que hoje ainda vai melhorar.
— Que bom. Mas como pode ter certeza?
— O remédio que vou dar para ela é ótimo.
Maria abraçou a amiga de repente e sem que esta tivesse tempo de reagir, colocou a pulseira em sua mão dizendo:
— Askitol manda lembranças!
Carla ainda tentou reagir, mas era tarde demais. Já podia sentir a presença do demônio em seu corpo lhe tirando as forças.
Sua mãe começou a definhar novamente, pois o trato fora desfeito.
O demônio as deixaria prostradas até que os seus corpos apodrecessem.
Logo as duas seriam levadas para o inferno...

O VAMPIRO

Ismael estremeceu quando aquela criatura veio em sua direção com as enormes presas expostas. Nunca acreditou na existência de monstros, mas agora tinha a prova de que estava errado, bem à sua frente. Tudo indicava que encontraria a morte naquela noite pelas mãos de um terrível vampiro...

Tudo começou dias atrás quando foi com a sua namorada em uma viagem romântica para uma ilha paradisíaca destinada somente para casais. Esse local era muito disputado devido a não comportar mais do que vinte pessoas. Existiam apenas dez bangalôs independentes para a total privacidade.

Um bar enorme, restaurante, piscinas e um minizoológico com animais exóticos, compunham as atrações.

Os preços eram absurdos, mas Ismael podia pagar com facilidade e só pensava na semana que teria, com direito a pensão completa e promessas de sexo, tranquilidade e lazer total.

Nada poderia dar errado. Mas deu.

Logo na primeira noite, Ismael percebeu algo estranho no senhor que bebericava um copo de uísque apoiado no balcão do bar. Media mais de um metro e oitenta de altura, tinha os cabelos pretos penteados para trás, possuía olhos negros como a noite e trajava um terno de fino corte.

Ele não havia feito nada de mais, mas ao encará-lo, Ismael encolheu-se instintivamente. Ele transmitia uma maldade intensa no olhar.

De manhã, reparou quando um homem procurava pela esposa no hall do prédio da administração. O gerente falou que a mulher poderia estar curtindo alguma atração ou até mesmo ter pegado no sono.

Ismael não viu nem sinal daquele cara estranho que vira no bar. Durante todo o dia, ele se ausentou das vistas...

Mas na segunda noite, voltou a vê-lo quase na mesma posição da noite anterior, bebericando um uísque e observando a todos, principalmente as mulheres.

E elas, independente se acompanhadas ou não, pareciam hipnotizadas e lhe retribuíam o olhar.

Ismael se afastou com a sua namorada de perto dele. Não queria arriscar.

Amanheceu e desta vez foram três maridos que se queixaram do sumiço das mulheres.

Agora o gerente administrativo concordou que algo errado acontecia e imediatamente entrou em contato com a polícia na cidade mais próxima.

Como o acesso a ilha era feito apenas por barco ou helicóptero, o delegado alegou que ainda naquele dia, mandaria alguém para averiguar o que acontecia. Mas alertou que o mais provável era que os seus homens só conseguissem chegar lá à noite.

O gerente explicou tudo isso aos hospedes e prometeu que os próprios funcionários começariam a procurar pelas mulheres desaparecidas.

Nenhuma delas foi encontrada após horas de procura e no final da tarde, um barco trazendo quatro policiais atracou no porto da ilha. Esse fato acalmou um pouco os ânimos.

Os agentes da lei ordenaram que todas as pessoas presentes na ilha, se reunissem no restaurante para que colhessem pistas sobre o ocorrido.

O gerente ligou para os bangalôs e fez as convocações. Logo, o restaurante estava cheio com os hospedes e funcionários.

Ismael procurou entre os presentes o tal homem misterioso, mas não o viu. Quando chegou a sua vez de falar, comentou com os policiais sobre as suas suspeitas.

Indagado pelos policiais sobre o tal homem, o gerente explicou que este tinha hábitos noturnos e não admitia nem que limpassem os seus aposentos durante o dia. Também revelou que não possuía acompanhante com ele.

Os policiais lhe pressionaram sobre este fato, pois a ilha era para casais. O gerente acabou revelando que o hospede pagou o dobro do preço para quebrar essa regra.

Os agentes da lei viram ali fortes indícios de culpa do hospede misterioso e dois deles foram bater à porta do homem que não compareceu quando da convocação geral. Já era início de noite.

Antes que sequer tocassem a campainha, a porta se abriu e viram diante de si o tal cidadão.

Este os convidou a entrar e concordou em responder as indagações.

— Por que o senhor não atendeu a convocação? Perguntou um dos policiais.

— Estava dormindo.

— Nem o telefone lhe acordou?

— Tenho o sono muito pesado.

— Sabe algo sobre as três mulheres desaparecidas?
— Sim. Fiz sexo com elas e depois suguei-lhes todo o sangue. Assim como fiz com a da noite anterior.
— Não estamos aqui para brincadeiras, senhor!
— Não estou brincando. Apenas lhe respondi à pergunta diretamente.

A voz do hospede era tenebrosa e os seus olhos estavam ganhando uma coloração avermelhada.

Os dois policiais se assustaram, sacaram as suas armas e um deles perguntou:
— Admite que matou as três?
— Sim. E joguei os seus corpos ao mar após estar satisfeito. E hoje matarei o restante das pessoas da ilha. Começando por vocês.

Ao dizer isso, presas enormes apareceram em sua boca. Os policiais ainda conseguiram atirar diversas vezes, mas sem efeito algum. Morreram sem acreditar que pudesse existir uma criatura assim. Então tiveram os seus corpos arremessados ao mar.

Jarbas, esse era o nome do vampiro, limpou a boca suja com o sangue dos policiais e sentiu-se poderoso. O sangue lhe dava energia quase ilimitada.

Estava nessa existência de sugador a mais de quatrocentos anos. Fora escolhido e transformado por um vampiro ancestral que dizimou toda a vila em que Jarbas morava.

O monstro lhe explicara que os vampiros só podiam tornar imortal um escolhido a cada século com o seu sangue imundo. Era a condição imposta por satanás há milênios, desde quando criara o primeiro deles. Não poderiam existir muitos vagando pela Terra. Traria desequilíbrio. Algo intolerável pelas leis que regiam até mesmo ao senhor das trevas.

Por isso Nicolai escolhera Jarbas. Vira nele algo diferenciado. Uma maldade pura. Ele já era um assassino sádico mesmo antes de ser transformado.

Nicolai se despediu e partiu de volta a sua terra preferida no leste europeu. Deixou esta região a cargo de Jarbas para que espalhasse o terror e a morte.

Vampiros se aproveitavam das lendas e da incredulidade da maioria das pessoas para viverem e matarem sem serem caçados ou incomodados. Sumiam com as suas vítimas ou faziam crer que as mortes eram fruto de outras razões. Eram incrivelmente astutos.

Em mais de quatro séculos, Jarbas nunca transformara ninguém. Não vira necessidade ou alguém merecedor do que ele considerava uma dádiva.

Após essas divagações, ele saiu de seu bangalô disposto a matar a todos. Transformou-se em névoa para percorrer mais rápido a distância que o separava de suas presas.

Encontrou no meio do caminho, os outros policiais que foram atraídos pelos disparos dos desafortunados companheiros.

Não queria perder tempo com eles e se transformando em uma criatura híbrida entre homem e morcego, os cortou em pedaços com as suas garras afiadas como navalhas.

Depois voltou a sua aparência normal enquanto adentrava o espaço onde se reuniam as demais pessoas.

Estas o viram chegar banhado em sangue e se encolheram diante do mal que ele transmitia.

Um rapaz bem forte, marido de uma de suas primeiras vítimas, o olhou com ódio e exclamou:

— Você matou a minha esposa, seu maldito?

— Sim. Assim como matei também as outras mulheres e os quatro policiais que os protegiam.

— Então morrerá pelas minhas mãos!

O rapaz abandonou qualquer cautela e correu em direção ao vampiro brandindo um pedaço de madeira enorme como arma.

A criatura segurou o seu braço armado e apertou até que se ouvisse um barulho de ossos quebrados. Em seguida se debruçou sobre o rapaz e a sua boca ganhou proporções monstruosas. As presas enormes se fecharam sobre o pescoço da vítima, abrindo a sua jugular. Em seguida, sugou todo o seu sangue na frente dos demais.

Jarbas largou o corpo sem vida no chão e olhou para os demais, falando com a sua voz demoníaca:

— Mais algum corajoso? Minha sede de sangue mal começou. Posso matar todos vocês antes que o dia amanheça, mas tenho uma proposta.

— Que jogo quer fazer com a gente, seu miserável?

Era Ismael quem falava.

— Ora, ora, ora. É o rapaz que não tirava os olhos de mim no bar. Um jogo? Podemos chamar assim.

— Vocês já estão condenados, mas pode haver uma saída para apenas um!

— O que propõe?

— Tenho duas opções para vocês: A primeira é tentarem fugir e eu os caçar e matar um por um com requintes de crueldade.

— E a segunda? Novamente era Ismael quem tomava a dianteira.

— Se enfrentarem pelo direito do sobrevivente ser transformado em um sugador de sangue como eu.

— Existe uma terceira opção.

O vampiro olhou para o jovem que ousava lhe desafiar.

— Qual, Ismael? Ouvi como a sua deliciosa namorada o chamou.

— Nós nos unirmos para darmos cabo de sua vida.

O vampiro começou a rir e perguntou?

— Mais alguém com os colhões iguais ao deste rapaz? Já enfrentei até alguns exércitos nos últimos séculos e não fui derrotado, mas quem sabe vocês conseguem?

As mulheres ficaram mais apavoradas ainda e nenhum outro homem resolveu se pronunciar.

— Acho que você está sozinho nessa, Ismael. Mas pelo menos demonstrou coragem.

— Não é questão de coragem, vampiro. Apenas quero escolher a forma de morrer.

Jarbas riu mais ainda e falou:

— Que comecem os jogos!

Ismael achou que ninguém aceitaria matar inocentes pela chance de sobreviver, mas viu que se enganara quando um dos hospedes arrebentou a cabeça da própria esposa contra o mármore da mesa, batendo diversas vezes.

Seguiu-se a isso uma cena de puro terror, com algumas pessoas se socando e outras simplesmente se ajoelhando e esperando o fim inevitável.

Ismael cansou de tentar abrir os olhos dos demais e agarrou a mão de sua namorada, correndo com ela em direção à praia. Com sorte, chegariam até o barco que trouxera os policiais.

Mas chegando ao ancoradouro, viu que Jarbas tinha pensado em tudo e já destruíra não só esse, como também todos os outros barcos.

Ajuda da cidade não chegaria antes do amanhecer e até lá já estariam todos mortos.

Estava pensando em outra forma de se livrarem do fim tenebroso, quando sentiu uma faca penetrar nas suas costas. Era a sua própria namorada, Roberta, que o havia ferido.

— Sinto muito amor, mas ele foi bem claro. Somente uma pessoa vai sobreviver esta noite.

Ismael não acreditou naquilo e segurou o braço de Roberta antes que essa o esfaqueasse novamente.

Torceu o braço dela e tomou-lhe a faca. Não teve coragem de matá-la, mas a partir daquele momento, ela estaria à mercê da própria sorte.

Voltou correndo até a área do restaurante e o que viu lhe embrulhou o estômago: pessoas mortas ou feridas, sangrando no chão e os dois últimos sobreviventes se atacando até a morte.

Jarbas viu quando ele chegava sangrando e falou:

— Acho que a sua namorada pensou diferente de você.

— Você se utiliza das fraquezas humanas para se satisfazer. Fala que se alimenta de sangue, mas na verdade, é nutrido pelos nossos pecados. Tem prazer com a morte.

— Se visse o que vi nestes anos todos, também não teria pena das pessoas. Perto da humanidade, sou quase um santo.

Nisso, um homem de quase um metro e noventa e bem forte, veio em sua direção. Era o que tinha esmagado a cabeça da esposa contra a mesa. O seu último oponente jazia morto. Ele também apresentava alguns ferimentos e sangrava abundantemente.

Ele se virou para Ismael e mesmo perdendo as forças, partiu alucinado para matá-lo também.

Ismael o segurou com dificuldade e tentava se safar de suas mãos fortes que tentavam estrangulá-lo.

Mas ele era forte demais e Ismael acabou perdendo os sentidos momentaneamente. Então o homem tomou a faca de suas mãos. Já ia esfaqueá-lo quando recebeu uma paulada na cabeça.

Era Roberta quem o atacava.

O gigante se levantou cambaleando com a cabeça sangrando e antes de morrer, ainda cravou a faca profundamente no peito da mulher.

Ismael começou a tossir quando acordou e viu a namorada e o gigante mortos na sua frente.

O vampiro gargalhava e falou:

— Como pode alguém ser tão sortudo? Não matou ninguém e mesmo assim sobreviveu?

Ismael sangrava pelo ferimento nas costas e a garganta doía muito. Levantou-se e com dificuldade, falou:

— Pode vir e acabar com a sua matança, seu desgraçado. Não vou implorar por nada.

— Tenho palavra, meu rapaz. Você sobreviveu e será transformado, conforme prometi.

— Prefiro a morte!

— Infelizmente para você, a sua opinião não será levada em conta.

E o vampiro, como um raio, chegou até Ismael e sem que este pudesse fazer nada, dobrou o seu pescoço e o obrigou a abrir a boca. Em seguida, fez um corte na palma da mão e derramou o próprio sangue na garganta do rapaz.

— Agora sofrerá as dores da transformação. Em questão de horas, morrerá. Será enterrado como o restante das pessoas da chacina aqui da ilha. Pensarão que se mataram. Os que suguei o sangue, terão como destino o mar, para que os tubarões façam o serviço deles. Quando você acordar, depois de uma semana dentro do caixão, já será como eu.

Dito isso, o vampiro se afastou do moribundo para otimizar os últimos detalhes de seu plano sórdido, pois em breve amanheceria...

Uma semana depois, uma cova começou a estremecer e logo uma mão buscava a saída depois de ter rompido o caixão.

Ismael sacudiu a poeira das roupas e viu que já possuía todos os poderes e fraquezas de um vampiro. Sua mente já lhe ensinava tudo que podia e não podia fazer. Era parte da maldição.

Olhou a noite e sentiu uma fome que quase já não podia controlar. Sabia que teria que matar daquele dia em diante. O suicídio não era uma opção dada ao ser maldito em que se transformara. Se não comesse por vontade própria, logo a sede assumiria o controle e ele atacaria qualquer pessoa, mesmo que não tivesse a intenção. Era o instinto básico da besta.

Pensou rapidamente e encontrou uma saída. Mataria o lixo da humanidade. Caçaria apenas a escória e os que não mereciam viver. Usaria o mal contra o mal.

E arquitetaria um plano minucioso para encontrar, caçar e matar um ser maldito em especial. Seria a missão maior de sua vida.

Jarbas encontraria o seu fim pelas mãos de Ismael.

Era só uma questão de tempo...E tempo, ele teria de sobra...

PESADELOS

Carlos levava uma vida feliz com a sua esposa Olga e os seus três filhos pequenos. Era um marido fiel e um pai amoroso. Acabara de completar dez anos de matrimônio.

Ele era branco, media um metro e oitenta e dois de altura, tinha trinta e cinco anos e possuía cabelos pretos, lisos e cortados na altura do pescoço. Os seus olhos eram de um azul profundo e sempre mantinha um sorriso no rosto lindo e liso. Vestia-se sempre muito bem, num estilo esporte fino.

Nascera em uma família muito pobre, mas depois que se casou com Olga, sua vida deu uma guinada e tudo que poderia dar certo, deu.

Todos na empresa em que trabalhava gostavam dele e de seu jeito sempre bem-humorado de ser.

Conquistara as suas promoções no emprego de um jeito natural e sem que os outros empregados se sentissem prejudicados por ele ser o escolhido. O achavam merecedor.

Nunca faltava às missas dos domingos e fazia questão de participar de todas as campanhas de solidariedade da paróquia.

Até falavam que deveria se candidatar a algum cargo público, mas Carlos dizia que isso não era para ele.

Todas as sextas feiras quando terminava o seu turno de trabalho, se encontrava com os amigos no mesmo bar, onde tinham uma sala reservada para beberem e jogarem baralho e bilhar.

Permaneciam se divertindo até tarde. Este era o único dia na semana em que chegava de madrugada em sua casa.

Sua esposa nunca lhe cobrou sobre isso, pois tinha o marido todos os outros dias da semana com a família e sabia que Carlos trabalhava demais e merecia tirar o estresse nesse dia.

Nesta sexta, ele seguiu o seu ritual de sempre e chegou a sua casa depois das três da manhã.

Observou os pratos com resto de pizzas e os copos de refrigerante em cima da mesa e sorriu. A sua família sempre mantinha esse costume próprio neste dia. Pizza e filmes!

Tomou um belo banho e se deitou na cama em silêncio para não acordar a sua esposa.

Sempre dormia muito bem de sexta para sábado, já que o álcool ingerido e o horário avançado ajudavam no processo. Mas esta noite, Carlos não dormira bem. Teve pesadelos horríveis com um assassino que matava uma pessoa em um ritual satânico.

No sonho, a vítima era uma mulher de aproximadamente vinte e cinco anos, loira e estava amarrada nua em cima de uma mesa. O assassino vestia uma capa preta com um capuz que cobria o seu rosto.

Empunhava uma faca ondulada de ritual com uma lâmina de quinze centímetros de comprimento. Depois o matador com uma voz inumana, invocava alguma entidade demoníaca numa língua desconhecida.

Uma luz avermelhada banhava o local que estava todo decorado com símbolos de satanismo nas paredes.

A moça gritava desesperada, mas o assassino calava-a cravando a faca profundamente em seu coração.

Nessa hora, Carlos acordou cansado e suado e ainda impressionado com o sonho que tivera. Se é que dá para chamar de sonho.

Sacudiu a cabeça para se livrar das lembranças ruins e chamou a família para tomarem café da manhã juntos.

Após o desjejum, ligou a televisão para se distrair e saber do que acontecia no mundo.

Mas o que assistiu no telejornal matutino lhe deixou estarrecido: ocorrera um assassinato em sua cidade e a moça morta era exatamente como a que se lembrava do pesadelo! E fora morta com uma facada também.

Sua esposa notou a palidez em seu rosto e perguntou:

— Aconteceu alguma coisa, querido?

— Nada, amor. Carlos achou melhor não falar nada.

A semana passou voando e chegou à sexta feira novamente.

Carlos foi se encontrar com os seus amigos, se divertiu e até se esqueceu do ocorrido na semana anterior.

Voltou para casa às duas da manhã, tomou banho e logo se deitou para dormir.

Mas foi só fechar os olhos e aconteceu novamente...

Outra mulher, desta vez morena, estava amarrada nua na mesma mesa do pesadelo anterior e o mesmo assassino empunhava e faca e recitava a mesma invocação.

Como no sonho anterior, a moça também gritou, mas teve o mesmo fim. Morta com uma facada no coração.

Carlos acordou assustado e foi logo ligando a televisão.

Como da outra vez, uma moça foi encontrada morta em um terreno abandonado. Vendo a foto dela na televisão, reconheceu-a como a de seu sonho.

Agora Carlos teve a certeza de que tinha uma conexão com o assassino. Mas não sabia o que fazer.

Se fosse até a polícia com essa história, seria tratado como louco, ou pior, como suspeito de ser o próprio assassino.

Mais uma semana se passou com ele angustiado vendo a sexta feira se aproximar.

Quando chegou o dia, Carlos ligou para a mulher dizendo:

— Amor, acho que não vou me encontrar com os meus amigos hoje. Vou ficar em casa com vocês.

— Nada disso! Respondeu a mulher. Você tem andado muito cabisbaixo e quem sabe se os seus amigos não te animam?

Então Carlos foi até os seus camaradas, mas passou o tempo todo meio desligado e mal se divertiu.

Despediu-se deles com um meio sorriso e foi para casa, já com medo de dormir.

Fez hora na sala tentando ficar acordado. Mas o sono venceu e ele foi transportado em sonho para o mesmo lugar onde o assassino já se preparava para matar a terceira mulher.

E assim acorreu mais uma vez...

Carlos acordou desesperado e sem saber o que fazer da vida. Passou o sábado inteiro pensando em como faria para contar para a polícia tudo o que acontecia.

Tinha uma reputação e posição social que não podia arriscar perder por considerarem ele louco.

Sua esposa, no final do dia, olhou-o com cara de preocupada e perguntou:

— O que está acontecendo com você? E não minta para mim! Intimou em voz alta.

— Estou tendo sonhos muito esquisitos e apavorantes.

— Que sonhos?

— Toda sexta feira, quando volto do encontro com os rapazes e durmo, sonho com um assassino matando uma mulher em um ritual satânico.

— Sério? Perguntou a esposa pensativa.

— Sim. E não é só isso. Quando acordo, a polícia encontra uma mulher morta por facada e pela foto que publicam, percebo que é a mesma do meu sonho. Já foram três assim.

— Estou em conexão com esse assassino e isso está me matando por dentro. Concluiu Carlos.

— E sempre na sexta feira? Perguntou a esposa.

— Sim.

— Precisamos que você veja um psicólogo ou psiquiatra.

— E acha que alguém vai curar esse meu problema? Preciso é criar coragem e contar tudo para polícia.

— Vão te chamar de louco!

— Pode ser, mas não aguento mais!

— Percebe que quando você sonha a vítima já deve estar morta e não poderia fazer mais nada por ela?

— Realmente. Mas posso tentar descrever a sala onde acontece tudo. A capa que o assassino usava, a faca do ritual, qualquer coisa que possa prender esse monstro.

— Vamos fazer diferente. Você tira a semana inteira de licença no serviço e procura relaxar um pouco. Daí pensaremos com calma sobre o que fazer a respeito da situação.

— Você pode ter ficado impressionado com a coincidência do primeiro caso e depois fixou na mente. Pelo que me contou, as mulheres possuem um biótipo muito comum para poder cravar que são as mesmas. Concluiu a sua esposa.

E assim fizeram. Carlos ficou em casa e procurou se distrair com os seus filhos durante a semana.

Mas na tarde de sexta feira, se desesperou de novo antevendo que novamente sonharia com o assassino e a sua nova vítima.

Nesse momento a sua esposa chegou até ele e falou:

— Os seus amigos logo mais chegarão ao bar. Se arrume e vá encontrá-los.

— Hoje eu não vou beber com os meus amigos e irei agora mesmo até a polícia contar tudo que sei!

Sua esposa, vendo que não conseguiria convencê-lo do contrário, falou:

— Poderia, antes disso, ir comigo a um lugar?

— Posso, mas aonde você quer ir?
— Depois vai entender.
Ela o conduziu de carro até um imóvel abandonado e o convidou a descer.
Carlos não entendeu, mas seguiu a mulher.
Entraram na casa e a sua esposa parou em frente a uma porta trancada com cadeado.
— O que você quer me mostrar? Perguntou Carlos.
— Atrás desta porta se encontra o maior segredo de nossa família.
— Você está me assustando, querida.
— Preciso que você se controle antes de entrarmos. O que vai ver, não será agradável.
— Abra essa porta de uma vez! Gritou Carlos.
Olga abriu o cadeado e Carlos se viu na sala de seus pesadelos. Até a mesa suja de sangue e os símbolos na parede eram iguais.
Ele se deixou cair no chão e começou a chorar.
— Olga, você é a assassina dos meus sonhos! Afirmou desolado e chorando.
A esposa olhou firme para ele e retrucou:
— Vou te lembrar de toda a história que a sua mente insiste em negar.
— Quando nos casamos, nós éramos muito pobres e ambiciosos demais. Encontramos uma feiticeira que nos intermediou um pacto com uma criatura das trevas.
— De acordo com o trato, a nossa vida prosperaria cada vez mais até completarmos dez anos de casados. O que aconteceu há um mês.
— Depois disso, nos seria exigido o sacrifício de uma pessoa por semana até completar quatro assassinatos ou a entidade das trevas levaria os nossos filhos em troca.
— Então por isso você matou aquelas moças? Perguntou Carlos.

— Não! Foi você que matou aquelas mulheres! Sentenciou a mulher.
— Como assim, eu? Não me lembro de nada disso!
— Sua mente deve ter obstruído isso de sua memória, mas o seu sentimento de culpa trouxe tudo à tona através dos pesadelos.
— Jamais! Não sou um assassino!
— Ainda bem que coloquei uma câmera na sala e gravei tudo.

E Olga passou a gravação dos assassinatos na televisão da casa.

Carlos não acreditou quando se viu matando as três mulheres. Agora não tinha mais como negar a si mesmo.

Começou a chorar copiosamente e sem controle.

A esposa lhe deu um tapa na cara e gritou:
— Se recomponha que ainda falta uma última morte para cumprirmos a nossa parte do pacto. Ou quer que a entidade nos tire os nossos filhos?

Carlos olhou para a esposa como se fosse à primeira vez. Toda a delicadeza e bons modos de Olga eram só fachada. Estava diante de uma criatura vil que pensava somente em dinheiro e posição social. Mas como julgar a esposa se ele mesmo era bem pior?

Carlos relaxou o corpo e tudo que aconteceu com ele desde o casamento e o pacto com as trevas voltou a sua memória.

Mas agora, ao contrário de lhe causar desespero, as lembranças lhe deram prazer.

Olhou novamente para a esposa e falou:
— Realmente ainda falta uma morte. Você está completamente certa.

Olga olhou para o marido e viu os olhos dele se tornarem negros e ganharem um aspecto demoníaco. Ainda tentou fugir quando percebeu o que iria acontecer.

Mas em pouco tempo, estava amarrada e deitada nua na

mesa e os seus gritos, tampouco surtiram efeito quando a faca encerrou a sua vida.

Carlos voltou para casa já achando que seria legal fazer outro pacto.... Afinal, já que descobriu a sua verdadeira vocação, por que não ganhar dinheiro com ela?

A ESPAÇONAVE

    João perdera o sono naquela noite calorenta e decidiu ficar deitado na rede da varanda de seu sítio. O seu fiel companheiro estava deitado aos seus pés. Era um cachorro todo marrom e sem raça definida, mas de tamanho respeitável.

    Aos cinquenta anos, abandonara de vez a vida na cidade grande e buscara a paz junto à natureza em uma cidadezinha do interior. Já estava feliz ali há exatos cinco anos e não queria mais saber de agitação.

    Só colhia as frutas do pomar, retirava o leite das duas únicas vaquinhas que possuía e os ovos das galinhas. Isso sim era vida!

    Nem existiam vizinhos muito próximos ao seu sítio. A propriedade era cercada por um rio de um lado e a mata pelo outro. Só uma estradinha de terra e meia hora de carro o ligavam a cidadezinha que lhe cobrava os tributos.

Os seus filhos, já casados, continuaram morando na capital. Somente a sua esposa Andréia se juntara a ele nessa aventura no campo.

Quando finalmente parecia que o sono iria vencer o calor, um barulho estranho fez com que olhasse para cima.

Mas não viu nada demais. Apenas as duas luas cheias que iluminavam a noite com todo o seu esplendor.

— Como assim **duas** luas cheias! Pensou João já despertando por completo.

Foi quando viu que uma das luas se movia como se tivesse vida própria.

Era prateada e tinha um formato esférico. Várias luzes brancas saiam de diversos pontos de sua estrutura.

— Era uma espaçonave!

João se desesperou com a visão. Nunca acreditara naquelas bobagens de ETs e coisa e tal. Mas agora não havia como negar o que os seus próprios olhos lhe mostravam.

Sentou-se na rede sem conseguir tirar a visão daquela coisa.

A nave espacial contornava o seu sítio, iluminando o pasto e acordando as galinhas e as vacas.

João ficou em pé e já ia acordar a sua esposa dentro de casa quando percebeu que a nave iria pousar bem ao lado de sua propriedade, numa clareira na mata.

Sem parar para pensar, saiu em disparada na direção da espaçonave. O seu cão também correu junto com o dono, latindo e rosnando.

Enquanto corria, percebeu que o objeto luminoso pousara por completo, se apoiando em quatro estruturas metálicas que se fixaram ao chão.

João diminuiu a passada quando percebeu que lentamente se abria uma parte da estrutura que até então parecera totalmente lacrada e sem portas.

Uma luz ainda mais forte saiu de seu interior e João olhou fixamente para ela. O seu corpo foi tomado por uma sonolência e acabou por desabar no chão de terra.

Quando acordou, viu que estava no interior da espaçonave, encostado de pé em uma parede e totalmente imobilizado por ataduras metálicas maleáveis.

Em frente a ele, duas criaturas observavam os seus movimentos. Eram seres humanoides de um metro e setenta de altura, cor cinza, sem pelos ou cabelos no corpo. Possuíam olhos negros enormes em uma cabeça grande e desproporcional aos corpos. Braços e pernas aparentemente normais. Vestiam uma roupa prateada colada ao corpo.

João se desesperou e pensou:

— Pronto, agora vão fazer todo tipo de experiência comigo, igual naqueles filmes.

Um dos seres olhou diretamente para ele e falou, parecendo adivinhar os seus pensamentos:

— Calma ser da Terra. Não temos interesse em machucá-lo agora.

João tentava de todas as formas se libertar, mas por mais que se debatesse, não conseguia se soltar.

— Me desatem, seus miseráveis! Gritou ele.

Um dos seres acionou um dispositivo do painel da nave e uma agulha fina injetou um tipo de tranquilizante em seu braço.

João relaxou imediatamente.

— Podemos dialogar agora? Indagou este. Não queremos ter que sedá-lo totalmente. Queremos manter a sua integridade.

João assentiu e falou:

— O que estão fazendo aqui? Querem dominar o planeta?

Os seres se entreolharam e um deles falou:

— Não temos o menor interesse nisso.

— Para que vieram, então?

— Nossas vindas esporádicas à Terra são para capturarmos alguns animais.

— Para que?

— Para extração de substâncias que necessitamos e não mais possuímos em nosso planeta.

— Que substâncias? Perguntou João.
— As encontradas em determinados seres daqui. Quanto mais primitivo for o animal, melhor.
— Por quê?
— São os que contém as substâncias que necessitamos em quantidade maior.
— Por isso existem tantos avistamentos de Óvnis nas regiões rurais? São onde se concentram mais estes animais que vocês querem?
— Não. Agimos assim para mantermos o anonimato. Atuamos preferencialmente em regiões com poucos habitantes.
— Como seres tão inteligentes ainda fazem isso? Vocês não têm ética?
— Utilizamos os seres mais inferiores. Somente os que não farão falta.
— Quer dizer que essas mutilações misteriosas em animais que ocorrem em diversas partes do mundo são causadas por vocês?
A criatura espacial olhou com estranheza para João e retrucou:
— Não fazemos experiências aqui no planeta e muito menos mutilações. Nem cientistas somos. Tudo isso é feito nos laboratórios de nosso planeta. Nós apenas efetuamos a captura dos animais.
Nesse momento, os alienígenas olharam um para o outro, como se finalmente tivessem compreendido o que João estava querendo lhes dizer.
— Houve um engano sobre o que conversávamos. Esclareceu um deles. Os animais que são usados nas experiências não são deste tipo que você está pensando.
— Então quais animais vocês capturam?
— Apenas os seres mais primitivos e inúteis do planeta. Os humanos!
João arrepiou-se da cabeça aos pés com a revelação e não pode acreditar naquilo.

— Nós somos os mais evoluídos!
— Um dia talvez possam vir a ser. Mas agora são quase como vírus e destroem tudo por onde passam.
— Vocês estão enganados!
— Não estamos. Você, por exemplo, será uma de nossas maiores aquisições.
— Eu? Por quê?
— Não usa nem 2% do seu cérebro, que é de onde são retiradas as substâncias das quais falávamos.
— Por que não vão atrás de assassinos e outros criminosos?
— Usamos a seleção natural. Dentre os bilhões que vivem aqui, retiramos apenas os descartáveis.
— Eu não sou descartável!
— Para o seu mundo, é sim. Por isso não capturamos cientistas ou outras pessoas que podem fazer a diferença no futuro.

João percebeu que não lhe restava esperanças de sobreviver e morreria igual a tantos animais indefesos que eram submetidos as experiências dos humanos.

— Agora vamos retornar ao nosso sistema solar. A viagem é rápida, por ser nesta mesma galáxia. Não vamos precisar de mais nenhum animal por hora.

Enquanto a espaçonave se preparava para decolar em direção ao espaço, João viu a sua esposa e mais dois vizinhos acondicionados em capsulas. Pensou que deviam ter sido capturados enquanto dormiam.

Viu que os alienígenas se preparavam para também o colocar em uma delas.

A nave decolou silenciosamente, enquanto o cão de João latia para o céu.

FOME DESENFREADA

Conheça a história de Malaquias. Ele era professor na única faculdade da cidade onde morava.

. Muitas pessoas saíam de suas cidades para estudarem ali. Durante o curso, moravam em repúblicas ou casas alugadas. Assim ajudavam na economia local.

Todos adoravam este professor em particular e o convidavam para os eventos e festividades do município.

Ele não era especialmente bonito, mas o seu charme cativava quem o conhecia. Falava muito bem e tinha um sorriso sedutor e cativante.

Já estava próximo de completar cinquenta anos e era viúvo de Sônia há dez. Não possuía filhos. Pretendentes para uma nova união, nunca lhe faltaram. Mas ele alegava que jamais substituiria a esposa amada com que vivera por vinte anos.

Ela teve um fim trágico. Fora sequestrada por assaltantes na casa do casal. Levaram joias e outros pertences também. Nunca houve pedido de resgate. A polícia realizou diversas buscas infrutíferas. O seu corpo foi encontrado em uma mata próxima, uma semana depois do sequestro. Parcialmente devorado.

Tudo indicava que algum animal selvagem fizera aquilo após o corpo ter sido abandonado pelos seus assassinos. O médico legista não pareceu convencido e queria examinar melhor as marcas de mordida.

Malaquias, no entanto, pediu para não violarem ainda mais a sua esposa com autópsias demoradas e devido ao seu prestígio, foi atendido.

O corpo de sua esposa foi cremado rapidamente.

Após o ocorrido com a esposa de Malaquias, a cidade enfrentou outros desaparecimentos de mulheres ao longo dos anos. Mas estas nunca foram encontradas. Nem se sabia se estavam realmente mortas.

A polícia local contabilizava quatro ocorrências deste tipo por ano. A maioria eram alunas da faculdade ou visitantes.

As autoridades quando cobradas, alegavam que estava na média de outros centros urbanos. E que talvez as mulheres tivessem simplesmente abandonado os estudos e ido embora sem dar satisfações.

E assim seguia-se a vida.

Malaquias acordou naquele dia se sentindo ótimo. Esbanjava confiança em suas ações. Ninguém desconfiava que ele era o autor do desaparecimento das mulheres na cidade.

Tudo começou com a sua própria esposa. Ela era submissa a ele e se sujeitava as suas preferências sexuais anormais. Sônia era masoquista e adorava o papel de escrava e o marido era um sádico.

Malaquias só se excitava machucando a parceira durante o ato sexual. Com o tempo, começou a aumentar cada vez mais o nível de tortura. Até um alicate chegou a usar na esposa, lhe machucando a carne na região das nádegas, dos mamilos e em outras áreas do corpo que não aparecessem no dia a dia.

Uma noite, durante a rotina de subjugação, debruçou a esposa nua na cama e com uma faca, efetuou vários pequenos cortes em suas costas enquanto a penetrava.

Então fez algo que nunca lhe ocorrera. Passou a língua no sangue que brotava dos ferimentos. Isso inebriou os seus sentidos e fez com que perdesse totalmente o controle.

Deitou-se alucinado sobre a esposa e com os dentes, arrancou um naco de carne do pescoço dela. Sentiu um prazer enorme e ejaculou, enquanto ela sangrava com a jugular rompida.

Passado o êxtase, viu o que tinha feito e chorou sobre o corpo inerte da mulher amada.

Pensou em se entregar para a polícia, mas logo mudou de ideia. O seu instinto de preservação falou mais alto.

Colocou o corpo sem vida no porta malas de seu carro, envolto por plástico. Então deixou-a estendida na mata da qual ela tanto gostava de passear pelas trilhas. Pediu-lhe perdão chorando e arrependido pelo que havia feito.

Ao voltar para casa, limpou todas as provas. Esperou até a noite seguinte e deu queixa de seu desaparecimento.

Ninguém desconfiou dele, pois sabiam do enorme amor que nutria pela esposa e nunca ninguém sequer presenciou uma discussão do casal. E o seu desespero em frente ao corpo da esposa quando lhe levaram até ela, causou uma comoção geral e todos o consolaram pela perda.

Graças a sua influência na cidade, conseguiu que ela fosse cremada logo e assim se encerraram as investigações.

Jurou para si mesmo nunca mais se casar com outra mulher. A falecida sempre seria a dona de seu coração.

Mas com o passar do tempo, começou a sentir a necessidade de repetir as mesmas sensações que vivera com a esposa.

Mas sabia ser quase impossível encontrar outra mulher que se submetesse aos seus prazeres violentos e insanos.

E pior, agora sabia que não conseguiria mais se contentar apenas em torturar. A carne humana lhe provocara um prazer extremo.

Numa tarde, após meses da morte da esposa, uma aluna se insinuou para ele. Malaquias vinha se controlando a duras penas e a moça se oferecendo foi demais. Essa moça era conhecida por ter feito sexo com vários homens da cidade.

Levou-a para a sua casa e se entregaram aos beijos. Mas ele logo deixou que o seu monstro interior assumisse e amarrou-a com cordas. Ela, a princípio, achou que fazia parte de um jogo erótico, até ser tarde demais. Malaquias a amordaçou e depois a jogou de costas na cama. Ele introduziu com violência o seu membro no ânus dela e a moça sentiu uma dor intensa. Mas nada comparado ao que viria em seguida.

O degenerado a cortou seguidamente com uma faca e depois arrancou pedaços de sua carne com o alicate. Ele atingiu um frenesi doentio enquanto comia as partes cruas do corpo da moça.

Ela desmaiou e isso frustrou o maldito. Malaquias se enfureceu e enfiou a faca em seu coração.

Depois levou o seu corpo embrulhado em sacos plásticos até a mata. Dessa vez, enterrou a vítima em um lugar de difícil acesso. Ninguém poderia desconfiar de nada.

Malaquias exultou quando após semanas ninguém mais procurou a moça. Ela não tinha parentes e julgaram que tinha ido embora da cidade. A má fama dela ajudou no processo.

Mas ele já tivera sorte duas vezes com os seus assassinatos. Deveria se precaver dali em diante se quisesse continuar livre.

Comprou um pequeno sítio próximo a mata e fez dali o seu local de prazer.

Passou a enterrar as suas vítimas no próprio terreno nos fundos da propriedade.

Assim minimizou os riscos.

Ele foi colecionando mortes e se aperfeiçoando cada vez

mais na arte da tortura e do assassinato. Já sabia onde cortar para causar dor e manter a pessoa acordada.

O máximo que suportava sem matar alguém eram três meses. A tortura e o consumo de carne humana faziam parte da sua essência.

Em uma noite dessas, estava já desesperado para destroçar o corpo de alguma mulher, quando viu aquela mulher entrando no bar onde ele estava.

Nunca vira uma tão atraente. Cabelos loiros até os ombros, corpo esculturadl e uma bunda bem carnuda, como ele gostava.

O pacote perfeito para Malaquias.

Ela percebeu que ele a devorava com os olhos e sustentou o olhar. Se aproximou e falou:

— Está quente, né? Pode me pagar uma bebida?

— Sim. Sente-se aqui comigo.

— Como é bom encontrar um cavalheiro educado.

— Qual é o seu nome?

— Mirtes. Ela respondeu se inclinando e deixando ele ver boa parte de seus seios no decote generoso.

Malaquias se apresentou e ficou feliz quando soube que a mulher não possuía parentes ali e que estava de passagem pela cidade.

Após beberem alguns drinks, Malaquias a convidou para irem até o seu sítio.

Quando ela concordou, ele não coube em si de satisfação. Seria a vítima perfeita. Falaria para todos que deu uma carona para ela e que a moça fora embora da cidade. Plano perfeito.

No caminho, já trocaram beijos e carícias.

Chegaram no sítio e Malaquias já foi tirando as roupas da moça e a levando para o quarto especial que preparara com os instrumentos e apetrechos de tortura.

A moça entrou no quarto e respirou fundo, dizendo:

— Adorei a atmosfera daqui. Me excitou muito.

Malaquias não se aguentou mais e retirou uma corda de

uma das gavetas. A mulher o olhou e falou:

— Você gosta de jogos?

— Sim. E você também vai curtir.

— Tenho certeza disso. Disse ela com um sorriso enigmático.

Malaquias a amarrou de costas e como sempre fazia, jogou-a na cama e a penetrou por trás violentamente. A moça gritou.

Malaquias adorava não precisar mais amordaçar as suas vítimas. Os gritos delas lhe excitavam mais ainda.

— Como você é bruto. Ela falou.

— Ainda não viu nada.

Ele retirou uma faca da gaveta e começou a fazer pequenos cortes em suas costas.

Ela gritou mais ainda.

Malaquias pegou o seu alicate e começou a arrancar pedaços de carne das regiões cortadas pela faca.

Quando mastigou o primeiro pedaço, não aguentou mais e ejaculou fortemente.

Olhou para a moça banhada em sangue e viu que era hora de acabar com tudo. Ergueu a faca e com um golpe forte, a cravou profundamente nas costas da mulher.

Seu corpo estremeceu de prazer com o ato.

Foi quando a moça falou:

— Acabou?

Malaquias não acreditou quando percebeu que ela ainda estava viva.

Se assustou quando ela arrebentou as cordas e se virou para ele.

— Agora é a minha vez!

A mulher começou a sofrer uma transfiguração e chifres cresceram em sua testa. Duas asas negras, parecidas com as de morcego brotaram de suas costas.

Malaquias gritou desesperado e tentou correr, mas foi seguro pelas mãos poderosas da criatura. Com um movimento brusco, ela quebrou os seus braços.

— O que foi, querido? Pensei que gostasse de um pouco de violência.

Ele começou a chorar de dor e ela riu diabolicamente.

— Calma. Estamos apenas começando. A noite é uma criança.

Ela o jogou na cama de bruços e falou:

— Lembrei que você gosta de sexo anal.

Ele gritou mais ainda e implorou para ela parar.

— Eu sou uma Súcubo e me alimento da energia vital dos homens. Primeiro lhes dou prazer de acordo com os seus desejos. Depois lhes apresento novas formas deste mesmo prazer. No final, você não passará de uma casca vazia.

Dito isso, ela introduziu um cabo de vassoura em Malaquias enquanto o cortava seguidamente com as suas unhas enormes.

Ele não tinha mais forças para gritar e só chorava baixinho.

Após mais de quatro horas de intensa tortura, o corpo de Malaquias perdeu toda a sua energia e até os seus fluidos corpóreos foram sugados pelo demônio.

Só sobraram a pele e os ossos.

A Súcubo podia ver o espírito de Malaquias se desprendendo do corpo sem vida e lhe falou:

— Não pense que acabou! Comparado com o que lhe farão no inferno, terá saudades do que fiz aqui.

O demônio saiu do sítio gargalhando e voando na noite...

A Casa Possuída

Aquela casa escondia uma história horrível por trás de sua construção imponente.

Antenor, que fora o primeiro dono e também o seu construtor, era um engenheiro bem-sucedido e quis fazer dela o local de sua felicidade com a família.

Não poupou dinheiro e com a sua equipe grande de trabalhadores, estava construindo uma excelente casa térrea de trezentos metros de área construída em um terreno com mais de dois mil metros quadrados. Uma piscina e um pomar completariam o projeto.

Antenor estava com pressa para que a obra fosse concluída e cobrava os operários ao máximo.

Mas não chegou a ver a sua obra finalizada.

Em um fatídico dia, ele ficou transtornado quando os empregados resolveram encerrar o expediente mais cedo devido a uma chuva torrencial que caia. Foram embora sob gritos e ameaças do patrão inconformado.

Então, o patrão resolveu adiantar sozinho a parte externa da casa, já que o interior estava pronto.

Estava carregando tijolos para a confecção da futura churrasqueira quando escorregou e caiu, batendo a cabeça no chão. Desmaiou e logo morreu afogado, pois o seu rosto ficou submerso em uma poça d'água. E assim permaneceu durante o restante do dia e da noite.

Ninguém de sua família estranhou a sua ausência, pois estavam acostumados com que ele permanecesse na casa durante a noite para rever os projetos e o andamento da construção que era a sua obsessão. Colocara até um colchão em um dos cômodos para poder dormir ali.

O seu corpo foi encontrado pelos empregados somente no dia posterior.

Sua esposa, depois disso, não quis morar naquela casa e o imóvel foi posto à venda.

Como pediu menos do que a casa valia, vendeu rapidamente.

O comprador mudou-se com a família para lá e em menos de um mês, a filha única do casal começou a se portar de maneira estranha. Parecia que as vezes perdia a noção da realidade.

Andava de olhos fechados e também relatava aos pais que um senhor conversava com ela e mandava que saíssem de sua casa.

Os pais acharam que era invenção da filha de sete anos.

Uma noite, ela saiu de sua cama sem que percebessem e foi até o quintal. A mãe a achou na manhã seguinte. Afogada na piscina. Com a tragédia, o marido foi enlouquecendo aos poucos e dois meses depois matou a esposa e se suicidou.

Os parentes da família herdaram a casa e colocaram-na a venda.

Desta vez, pela metade do preço.

Mesmo com duas tragédias acontecidas ali, conseguiram vender por se tratar de uma residência espetacular.

Mas os novos moradores também não tiveram uma estadia feliz.

O marido começou a ter alucinações de repente e após quatro meses em que emagreceu e parou até de trabalhar, entrou em sua casa em uma noite chuvosa e com um revólver, matou a esposa e os três filhos.

A polícia o encontrou chorando e com o cano da arma apoiado no queixo. Ele apertava seguidamente o gatilho, mas não havia mais balas.

Teve que ser fortemente medicado, ficando internado em uma clínica por três meses. Alegava que escutava uma voz mandando-o sair com a família da casa pois essa não lhes pertencia. Disse aos médicos que começou a sentir vontade de matar. Era como se outra pessoa comandasse o seu corpo.

Foi condenado a passar o restante da vida na prisão, mas em menos de seis meses preso, foi encontrado enforcado em sua cela. Em um bilhete, pedia perdão por tudo e implorava para que destruíssem aquela casa maldita.

Desde então, a casa passou a ser propriedade do estado, já que não existiam parentes vivos daquela última família.

Foi posta à venda, mas a sua história afastou compradores por anos.

Uma imobiliária finalmente se arriscou e a adquiriu por um valor irrisório.

Então, uma empresa foi contratada para a restauração. Os trabalhadores sentiam uma presença maligna no imóvel, e se recusaram a trabalhar a noite naquela casa. Houve alguns pequenos acidentes, e só terminaram a reforma com dois meses de atraso do prazo estabelecido.

A residência ficou novamente nos moldes de quando era habitada.

E a colocaram para vender.

O preço era por demais convidativo. A quantidade de mortes ocorridas ali, fizeram o valor pedido abaixar consideravelmente.

A imobiliária cobrava menos de um terço do normal para uma construção com aquelas dimensões e com aquela localização privilegiada em uma cidade próspera do interior paulista.

Mesmo assim, ninguém parecia querer arriscar a compra. Até que Marcelo ficou sabendo...

Ele estava vendo uma oportunidade de realizar o seu sonho de morar em uma cidade menor e sem a agitação dos grandes centros. Onde outros viam a superstição e a alucinação, ele via uma chance de ouro.

Acabara de se aposentar e queria outro tipo de vida.

Nada na história da casa lhe causava pavor. Achava que era besteira daquele pessoal do interior que tinha medo de tudo.

Quando os seus amigos e parentes o alertaram, ele simplesmente falou:

— Morreram algumas pessoas ali? Em outros lugares também.

Foi com a sua esposa visitar o imóvel. A moça da corretora estava visivelmente com pressa de lhe mostrar tudo e acelerava a visita aos cômodos da ampla moradia.

Marcelo não viu nada que lhe causasse pânico ou que o fizesse se arrepender. Até a mobília cara fora deixada no imóvel e seria de quem a comprasse.

Por mais que a sua esposa reclamasse, ele fez o negócio.

A indenização que recebeu da empresa onde trabalhou por trinta anos, lhe permitiu comprar a casa e ainda ter uma reserva. Nem ele e nem a esposa precisavam trabalhar mais. Ela também estava aposentada. Teriam dinheiro mais do que suficiente para a vida simples que levariam, já que não tinham filhos. Apenas um cão pastor alemão de quatro anos.

Menos de um mês depois, saiam da cidade grande e se mudavam para aquela casa...

Ele estava plenamente feliz. Durante o dia passeavam por lagos e parques e desfrutavam do ar puro. E ainda se divertiam na piscina e comiam frutas do próprio pomar. De noite, jantavam prazerosamente a comida feita no fogão de lenha.

Sua esposa já concordava com ele sobre terem feito um ótimo negócio ao comprar aquela casa maravilhosa.

Até que os problemas começaram...

No início, foram coisas simples, como um prato que caia no chão quando não havia ninguém na cozinha. Torneiras que abriam sozinhas. Portas que rangiam.

Mas logo a esposa de Marcelo se queixou com ele por estar vendo vultos na casa.

Contou que via um homem de meia idade com um olhar furioso e também uma menina de olhar triste que parecia estar com a roupa encharcada de água.

— Nossa, Laura! Daqui a pouco você vai estar igual aquelas mulheres de filmes de possessão e de casas assombradas.

— Não brinque com essas coisas, Marcelo.

— Não percebe que está impressionada com as coisas que dizem que aconteceu aqui? Sua mente é sugestionável e vê fantasmas onde não existe nada.

— Pelo contrário! Apesar de ter a minha religião, eu nunca acreditei nessas coisas de fantasmas. Só não queria vir morar aqui por causa da atmosfera ruim das mortes. Mas essa casa mexeu comigo de uma maneira que eu não esperava.

— Então por que eu não vejo nada?

— Agradeça por isso, querido. Não é algo que se deseje.

— Então vou ir além. Eu desafio qualquer espírito, fantasma, demônio ou outra coisa que esteja nessa casa a mexer comigo.

— Não fala uma besteira dessas, homem! Não se mexe e nem se caçoa disso.

— Tudo conversa fiada! Agora vamos jantar e parar de besteira.

Mal ele acabou de falar essas palavras, as luzes da casa começaram a piscar diversas vezes. Depois a do cômodo onde estavam começou a ganhar cada vez mais luminosidade até estourar. Depois voltou a luz nos demais ambientes.

Laura olhou para o marido e exclamou:

— Tá vendo? Não te avisei? Para que provocar o que não entende?

— Deixe de besteira, mulher! Foi só um pico na energia elétrica!

— Marcelo, o que precisa acontecer para você acreditar que tem algo errado com essa casa?

— Eu ver as almas penadas!

— Não peça uma coisa dessas, seu louco!

— Vamos jantar, agora que a luz voltou. Amanhã eu troco a lâmpada da sala e dou uma olhada na caixa de força para ver se tem algum curto.

O jantar ocorreu sem mais anormalidades.

Marcelo, depois que acalmou a mulher, virou para o lado na cama e dormiu rapidamente.

Mas no meio da noite, um vulto apareceu em sua mente e uma voz lhe falou:

— Queria me ver, desgraçado?

Marcelo viu em seu pesadelo, o mesmo homem de meia idade relatado por sua esposa anteriormente. Ele o olhava com ódio intenso.

— Vou atormentá-los até que deixem a minha casa!

— Jamais sairei daqui! A casa é minha, seu demônio! Paguei por ela!

— Vamos ver até onde você aguenta. Disse o homem gargalhando.

Marcelo acordou suando e com o coração acelerado.

— Nada disso foi real. Foi fruto das coisas que Laura colocou em minha cabeça. Pensou ele.

Levantou-se e tomou um banho para afastar os maus pensamentos e relaxar.

Abriu uma garrafa de uísque e se serviu de uma boa dose em um copo. Sorveu um grande gole e a bebida descendo pela sua garganta teve o dom de acalmá-lo imediatamente.

Sentou-se em um sofá na sala ainda escura e depois de tomar mais duas doses da bebida, acabou dormindo por ali mesmo.

Acordou com o barulho da sua esposa fazendo o café na cozinha.

Levantou-se e após fazer a higiene pessoal, se deslocou até onde a esposa estava.

— Por que estava dormindo sentado no sofá? Aconteceu alguma coisa?

— Nada! Omitiu ele. Apenas perdi o sono e fiquei na sala. Acabei pegando no sono.

— Então vá dar comida para o Rex.

Marcelo saiu no quintal e o cachorro latiu alegre assim que o viu.

Colocou ração para ele e brincou um pouco com o cão antes de retornar para dentro da casa.

Já se sentia bem melhor e se esqueceu do pesadelo rapidamente. Trocou a lâmpada estourada e verificou a caixa de força. Não encontrou nada errado.

Se reuniu com a esposa para o desjejum e depois se despediu dela, indo pescar alegremente em um rio próximo.

Laura terminou os afazeres na cozinha e sentou-se em frente à televisão para se distrair. Ao ligar o aparelho, a tela continuou preta, como se ainda estivesse desligada.

De repente, uma imagem se formou na tela. A do homem de suas visões. A mulher ficou apavorada, mas não conseguia se mexer. Algo a forçava a permanecer no sofá.

Ele a olhou com o rosto desfigurado e falou:

— O seu marido não acreditou em mim. Assim como esses outros.

E as imagens na televisão foram mudando com os rostos de todos que moraram naquela casa. Inclusive com as cenas de suas mortes. Laura gritou, desesperada com o que era obrigada a ver.

— Agora você será o meu instrumento!

O espírito de Antenor, construtor da casa, saiu da televisão e entrou no corpo de Laura. Ela estremeceu e os seus olhos ganharam um aspecto maligno...

Marcelo voltou da pescaria contente e com três peixes enormes na sacola.

Gritou pela mulher já no quintal, mas esta não lhe respondeu.

A encontrou na cozinha, afiando uma faca com o olhar perdido no horizonte.

— Laura! Não está me escutando?

A mulher continuou afiando a faca como se estivesse em transe.

Marcelo a segurou pelos braços e chacoalhou fortemente.

Laura gritou e girou a faca, cortando levemente o braço dele.

Marcelo deu um grito e se afastou.

A sua esposa olhou para ele com o rosto transfigurado e com a faca segura firmemente na mão.

— Laura! O que está acontecendo com você?

A mulher olhou para ele com os olhos vidrados e deixou cair a faca no chão. E lentamente foi desfalecendo.

Marcelo a segurou antes que desabasse e a carregou até o quarto, colocando-a na cama do casal.

Depois ele se dirigiu até a sala e sorveu uma dose dupla de uísque. Ultimamente estava bebendo além do normal.

Não entendia o que tinha acontecido com a esposa. Ela sempre foi a mais controlada do casal e não se alterava com nada.

Colocou um curativo no antebraço e tomou mais um pouco de uísque.

Pensou que o estresse tinha ocasionado o incidente com Laura.

Mas os dias foram se passando e a sua esposa se comportando cada vez pior. Alterava estados de intensa agressividade com períodos de letargia, se portando quase como uma morta viva.

E passou a quase não comer, emagrecendo visivelmente com o passar do tempo.

Ele a levou quase que a força ao médico, mas este não encontrou nenhum problema de saúde na mulher.

Mais tempo se passou e nada de Laura voltar ao seu normal.

Marcelo já estava nervoso com a situação e bebia cada vez mais. Quase não saia de casa por medo da esposa fazer alguma besteira em sua ausência.

Nem pensou em interná-la em alguma clínica. Amava-a demais para jogá-la em um lugar desses. Tinha certeza de que essa crise dela logo passaria.

Mas o que parecia ruim, piorou com o passar dos dias.

Laura se descuidou da aparência e nem banho queria tomar mais.

Marcelo se desesperava e ia esvaziando as garrafas de bebida cada vez mais rápido.

Um dia, no final da tarde, precisou ir ao mercado pois não tinha mais nada alcoólico em casa para tomar. Como a sua esposa estava dormindo, achou que não teria problemas.

Fez as compras o mais rápido que pôde e voltou para casa sentindo um mal presságio.

Abriu o portão com as sacolas de compras nas mãos e o que viu fez com que as soltasse. O barulho das garrafas se quebrando ao baterem no chão, não desviou a sua atenção da cena aterrorizante:

— Rex agonizando enquanto Laura o esfaqueava seguidamente.

Correu até a esposa e tirou a faca de sua mão. Mas já era tarde para o fiel cachorro. Sangue saia de vários ferimentos em seu corpo e o cão o olhava como quem lhe perguntasse a razão daquilo. Logo pendeu a cabeça para o lado e sua vida se extinguiu.

Marcelo começou a chorar abraçado ao cachorro enquanto a sua esposa ainda repetia o movimento de esfaquear com as mãos vazias e com o olhar distante...

Ele então a levantou, levou até o banheiro, deu-lhe um banho e deitou-a na cama, amarrando-a firmemente.

Então voltou até o quintal e enterrou o seu cachorro junto ao canteiro de flores da esposa.

Ele não sabia mais o que fazer.

Retornou ao quarto quando escutou os gritos da esposa tentando se soltar das amarras.

Olhou o seu rosto e ficou apavorado. Nada lembrava mais a doce mulher com que vivia a tanto tempo. Assim que o viu, ela gritou:

— Solte-me, seu maldito!

— Não posso, meu amor. Você não está bem.

De repente, ela começou a rir e falou com uma voz que não era a dela:

— Avisei para saírem da minha casa, agora é tarde demais.

— Quem é você? Por que faz isso conosco?

— Sou Antenor, o homem que construiu essa casa com suor e sangue! Ninguém pode morar aqui! Estou aguardando a minha esposa e filhos para finalmente usufruirmos dela.

— Essa casa tem mais de sessenta anos que foi construída. Quem quer que seja que a construiu, já deve ter morrido.

— Mentira! Me lembro como se fosse ontem, quando caí no quintal. Acordei e a casa estava pronta, mas trancada. Não entendo por que a minha família abandonou tudo por aqui.

— Eles devem ter deixado a residência exatamente por você ter morrido nela.

— Então eu os amaldiçoo para todo o sempre! Não deviam ter feito isso! Dediquei a minha vida para a sua construção.

— Por que não sai daqui? Já morreu! Não devia mais se apegar a esta casa.

— Quando percebi que estava morto, quis procurar a minha família, mas não consegui sair da casa. Algo me prende aqui.

— Então você é prisioneiro na casa e por isso se acha no direito de perturbar quem tenta morar aqui?
— Sim! Já que não posso ir embora, vou expulsar quem ousar invadir a minha moradia eterna.
— Foi você que causou as tragédias aqui na casa?
— Não! A entidade que fez tudo! Eu sou escravo dela!
— Como assim?
— Esse lugar é possuído por um mal antigo. Essa entidade provocou o acidente que causou a minha morte e me prende aqui. Assim como a todos os outros que perderam a vida na casa.
— Então se ela mandar matar pessoas, você simplesmente obedece?
— Sim! Não posso evitar. Além de concordar com ela na maioria das vezes. Por mim, só expulsava, mas a entidade se alimenta do sofrimento. Mesmo do sofrimento dos que já morreram aqui.
— Ela mantém todos vocês presos aqui?
— Sim.
— Tem muitas almas presas aqui?
— Veja por você mesmo. Logo você e sua esposa também estarão conosco.

Nisso, apareceu na janela a figura da menina que morrera afogada. Ela silenciosamente, pedia ajuda apenas com o olhar. Água escorria continuamente pelo seu corpo.

Marcelo viu também homens, mulheres e crianças com perfurações de bala pelos corpos ensanguentados.

E para a sua surpresa, viu imagens de centenas de pessoas mortas de todas as formas possíveis ao longo do tempo no terreno daquela casa. Mesmo antes dela ser construída.

Quando as imagens se foram, Marcelo perguntou?
— Como é possível isso?
— A entidade foi aprisionada no terreno dessa casa a centenas de anos por um bruxo poderoso. Desde então, vem

causando desgraças a quem tem o azar de se instalar por aqui. A história não começou comigo. Apenas lhe dei um teto para atrair mais pessoas.

— Se libertar eu e minha esposa, posso dar um jeito de livrar vocês deste mal.

Antenor, no corpo de Laura, gargalhou e respondeu:

— Você acha que nunca tentei isso? Ela é poderosa demais!

— Não percebeu ainda que são vocês que dão poder a ela? Que sem vocês esse demônio não faria nada? Lutem contra essa maldita!

Nisso, a sala escureceu e uma forma demoníaca de mulher se formou no teto.

— Antenor, ainda não perdeu essa mania de conversar com o meu alimento?

A sua voz esganiçada causou arrepios em Marcelo.

— É esse arremedo de homem que falou que vai acabar comigo?

A entidade olhou diretamente para Marcelo e esse se encolheu.

— E agora, não vai fazer piadinhas e dizer que não existo?

— Não tenho medo de você!

— Mas logo terá! A sua esposa já é minha! Não saíra mais daqui! O seu corpo será transformado em uma casca vazia. E tudo porque você caçoou de mim.

— Ela não tem culpa! Liberte-a!

— Jamais! Adorei o sabor dela. A sua angústia me alimenta de uma forma especial. A sua possessão foi rápida demais. Meu lacaio fiel a dominou completamente.

— Vou encontrar um jeito de acabar com você, demônio maldito!

— Muitos tentaram ao longo dos séculos, humano idiota. E eu ainda estou aqui.

— Sim. Aprisionada como um animal. Fala que é poderosa, mas não consegue sair daqui.

E Marcelo começou a rir.

O demônio cresceu de tamanho até cobrir todo o teto do quarto com a sua forma etérea e gritou:

— Fui atraiçoada por um mago maldito! Mas ele não viveu o suficiente para se gabar do feito.

— Fez um pacto que deu errado?

— Sim! Sou um demônio superior do inferno e este mago me invocou para dar cabo de um inimigo e na hora de pagar o trato, ele me aprisionou no subsolo deste terreno. Mas o matei antes que conseguisse terminar o encantamento e me encarcerar totalmente dentro de sua joia. Eu o torturo desde então. Faz parte da falange de espíritos que eu domino. Aliás, ele foi o primeiro. Paga até hoje um alto preço por ter me atraiçoado e por prender a minha forma física nesse lugar maldito.

— Quer dizer que ele falhou?

— Sim. Apesar de ter conseguido me confinar no terreno desta casa. Antes eu podia agir livremente em qualquer parte.

Então Marcelo conseguiu ver o mago dentre as almas que povoavam a residência.

Um senhor de pele bronzeada e de trajes estranhos.

Este lhe fez um sinal apontando algo na parede.

Marcelo não entendeu de início, mas o mago fez um gesto com as mãos e logo sua visão se clareou e ele viu algo entre a parede e o chão. Ali existia uma coloração que destoava do restante do cômodo. Em segundos, não viu mais nada.

Nisso, a mão imaterial do demônio cortou o ar na direção de Marcelo e garras rasgaram a sua camisa, provocando quatro cortes em seu tórax.

— Logo também estará com a alma presa a mim.

Nisso, a figura do demônio desapareceu do teto e com ele os demais espíritos aprisionados.

O corpo de Laura desabou na cama, totalmente inerte.

Marcelo ainda viu o rosto de Antenor colado ao de sua esposa por momentos antes que desaparecesse também.

Viu que não tinha tempo a perder e nem ligou para o sangue que escorria pelos arranhões em seu peito desnudo.

Correu até o quintal e pegou uma picareta e uma pá no armário de ferramentas.

Voltou correndo e ao chegar ao quarto, foi até o canto que o mago havia indicado e começou a destruir o chão.

Depois de mais de duas horas de escavação, achou algo estranho no enorme buraco em que se transformara o quarto do casal.

Uma caixa, enterrada a mais de três metros de profundidade.

Marcelo olhou aquela estrutura de metal e sem pestanejar, a retirou do buraco.

Ela estava trancada com um cadeado que logo foi destruído com golpes de picareta.

Ele a abriu e dentro encontrou uma joia vermelha do tamanho de um punho. Um lindo rubi.

Foi só colocá-la na mão para sentir uma energia imensa. Olhou-a perto do rosto e viu a figura demoníaca presa dentro dela.

Momento em que o demônio apareceu novamente na frente dele.

— Você encontrou o meu cárcere, humano maldito! O mago tinha colocado um feitiço que impedia que eu achasse. Me liberte que eu deixo você livre.

— Nem pensar! Já imaginou você solto por aí?

— Prefere eu aqui com a sua esposa?

Nisso, a entidade do inferno começou a passar as garras no corpo de Laura, ocasionando pequenos cortes em suas coxas.

— Pare com isso, sua miserável! Deixe a minha esposa em paz!

— Quer a sua esposa de volta? Basta destruir essa joia.

— Que garantia eu vou ter de que nos deixará ir embora?

— Tem a garantia de morrer aqui com ela se não fizer o que eu mandei!

Marcelo, inconscientemente, apertou a joia com a mão e ela começou a brilhar.

A entidade reagiu na hora recuando.

Ele percebeu e apertou a joia ainda mais. O brilho aumentou de intensidade e o demônio mudou de expressão.

Marcelo viu atrás da entidade, a figura do mago novamente e este lhe fez um sinal, mostrando que deveria apontar a joia diretamente para o demônio feminino.

Então ele fez isso e imediatamente a criatura infernal gritou.

— Gostou disso, desgraçada?

— Vai me pagar por isso!

E a entidade voltou-se novamente para o corpo de Laura e rasgou a sua carne seguidamente com as garras.

— Pare com isso! Gritou Marcelo.

— Quebre a joia ou sua esposa morrerá!

Ele olhou para Laura que parecia recobrar os sentidos com a dor e também para o mago, sem saber o que fazer.

Já ia abaixar a mão que continha a gema quando viu que a imagem do demônio oscilava. Parecia estar perdendo as forças.

Então ergueu ambas as mãos e apertou o rubi entre elas com toda a sua força.

Um raio saiu da joia e atingiu o demônio, arrancando deste um grito agudo de dor.

Provocou com isso uma queda brusca no poder da criatura e as almas aprisionadas por ela começaram a aparecer em volta do quarto. Logo começaram a esmurrar o demônio com toda a força e raiva.

Marcelo apertou ainda mais a joia e a forma etérea do ser infernal começou a se desvanecer e ser atraída para dentro do rubi.

Mas ele viu que todas as almas das pessoas presas pela entidade teriam o mesmo destino dela. Viu a menina que se afogara na piscina quase entrando na joia, as crianças baleadas também.

Todos ficariam presos com aquele demônio em forma de mulher por toda a eternidade.

Então tomou uma decisão...

Fechou os olhos e jogou o rubi no chão. Pegou a pá e deu um golpe certeiro, quebrando a joia em diversos pedaços.

O demônio gritou exultante:

— Estou livre!

Mas seguiu-se um clarão e dois portais se abriram no mesmo instante. Um era de cor violeta e transmitia paz. Ele criou um vórtice e sugou para dentro dele as centenas de almas torturadas pelo demônio, dando fim ao seu sofrimento. A menina afogada mudou de expressão e agradeceu com o olhar a Marcelo antes de desaparecer.

O outro portal exalava um cheiro fétido e tinha uma cor escura, quase negra. Ele sugou o demônio, Antenor e o mago. Esses três teriam um destino diferente...

Marcelo pegou a esposa no colo e saiu correndo para fora da casa. Mal chegou à rua e viu a casa ser destruída até a sua fundação por um fogo laranja, frio e intenso. Logo não restava mais nada daquela construção. As casas vizinhas não sofreram nem um abalo sequer. O fogo purificador tinha um alvo apenas.

Laura acordou em seu colo e Marcelo percebeu que a esposa perdera a aparência fúnebre e que os seus ferimentos se curaram sem deixar marcas. Ela o olhava amorosamente.

Ele lhe contou tudo que acontecera rapidamente.

— Acabou? Laura lhe perguntou.

— Sim, amor. Acho que sim. Fiz o que o meu coração mandou na hora. Tinha tudo para dar errado, mas alguém lá em cima resolveu que merecíamos ser ajudados. Não suportei que todas aquelas almas tivessem o mesmo destino do demônio.

— Você é uma boa pessoa e foi recompensado pela atitude nobre de pensar nos outros.

— E agora, Laura, o que vamos fazer?

— Vamos procurar outra casa para comprar. Mas desta vez, eu escolho.

Ambos riram e se abraçaram.

A CÔMODA

Aline chegou cedo na feira de antiguidades do Bixiga. Não pensava em comprar nada. Fora ali apenas para relaxar e tentar se distrair.

Ela completara vinte e dois anos recentemente, media um metro e sessenta de altura e tinha os cabelos encaracolados e ruivos chegando até os seus ombros. Nesse dia, cobrira o corpo esguio com um vestido florido para espantar a tristeza. Ela saíra de uma relação dolorosa na qual amargara por três angustiantes anos.

Ronaldo a fizera sofrer muito com traições e até ameaças de agressões físicas. Mas agora finalmente se vira livre do infeliz. Há quinze dias conseguira colocar um ponto final no namoro.

Mas mesmo sendo uma relação desastrosa, sofrera com a ruptura. Difícil de acreditar, mas era a verdâde.

Não entendia como fora se apaixonar por aquele rapaz tão diferente dela. Ela gostava de leitura, coisas místicas e arte em geral. Ele era bruto e vivia para cultuar o próprio corpo e para a prática de esportes violentos.

Quase sempre estava envolvido em alguma briga ou discussão.

E ela era uma moça que detestava atritos. Gostava de passar as horas livres lendo algum livro.

Após a separação, ela ficara uns dias sem querer ver ninguém e inconsolável. Só saindo de casa para ir ao trabalho.

Recebera o apoio dos pais e do irmão, que quase fizeram uma festa por ela finalmente ter se livrado do traste, que era como se referiam a Ronaldo.

Aos poucos foi recuperando o ânimo. Até conseguir sair de casa sozinha para vir a feira.

Agora só pensava em se empanturrar nas barracas de petiscos. Adorava degustar cannolis e também as fogaças vendidas ali.

Para isso havia se deslocado até lá em pleno domingo, que era o único dia de funcionamento da feira. Comida tinha o dom de aliviar a sua tristeza.

Assim que comeu o seu segundo cannoli de creme, começou a circular na feira para se entreter com as velharias expostas pelos tradicionais comerciantes.

Viu móveis, brinquedos e artigos exóticos. Nada que lhe chamasse a atenção.

Observou na barraca de uma simpática senhora, bonecas malconservadas que aparentavam ser do tempo da infância de sua mãe. Ou até mesmo de sua vó.

Riu de seus pensamentos. Sentiu-se aliviada por voltar a sorrir. Precisava daquilo. Tocar a vida. Esquecer as desilusões.

Já ia se deslocar até a barraca das fogaças quando o seu olhar foi atraído para um local. Mais precisamente para uma cômoda exposta entre outros móveis de um robusto senhor.

Era uma peça bem antiga. E de tamanho reduzido. Feita de

uma madeira enegrecida e cheia de entalhes e gravuras estranhas no tampo e nas laterais. Possuía cinco gavetas e parecia estar em bom estado.

Aline achou que ela caberia exatamente no espaço vago de seu quarto.

O dono da barraca lhe informou que adquirira o móvel de um cigano que mal falava português e que a última gaveta parecia colada. Fizera de tudo para abri-la, sem êxito.

A moça pensou um pouco e chegou à conclusão de que quatro gavetas eram mais do que suficientes para ela.

Conseguiu um bom desconto sobre o preço inicial. O suficiente para cobrir as despesas com o transporte do móvel até a sua casa. Como não era grande, caberia no porta-malas de um Uber.

Utilizou o serviço de aplicativo e logo estava em sua casa com a cômoda devidamente instalada.

Sua mãe não gostou da sua compra, mas como ficaria em seu quarto, não criou empecilhos.

Aline arrumou algumas roupas e pertences nas quatro gavetas da cômoda e abaixou-se um pouco para analisar de perto a gaveta que não se abria.

Ela parecia ter uma coloração um pouco mais escura do que a das outras. E também alguns entalhes ainda mais estranhos do que os do tampo do móvel. De longe eram quase imperceptíveis.

Tentou abrir a gaveta até usando uma chave de fenda. Sem sucesso. E por mais que forçasse, também não danificava a madeira. Parecia ser muito resistente. Desistiu e foi tomar banho.

Enquanto se banhava, a sua gata, Tabata, entrou em seu quarto e se aproximou devagar da cômoda. De repente os seus pelos se eriçaram e ela rosnou para o móvel. Logo saiu em disparada...

Aline saiu do banho e foi até a sala assistir televisão. Viu a gata encolhida em um canto e a pegou no colo. Tabata parecia assustada. A gata foi se acalmando aos poucos.

Então Aline a carregou até o seu quarto. Foi o bastante para a mudança. Tabata começou a se debater e a miar sem parar.

Tentou pular do colo da moça e como esta ainda lhe tolhia os movimentos, cravou as garras em seu pulso esquerdo com força.

Aline deu um grito e soltou a gata, que correu em disparada...

A moça colocou a outra mão no local ferido para estancar a hemorragia.

Chamou pela mãe que logo veio em seu auxílio. Dona Marta limpou o ferimento, passou um antisséptico no local e fez um curativo. A jovem se apoiou com a palma da mão direita na cômoda enquanto recebia os cuidados de sua mãe.

Se esqueceu de que esta estava suja de sangue. Sem que Aline ou sua mãe percebessem, o móvel absorveu todo o líquido vital.

As estranhas inscrições do tampo de madeira brilharam levemente por menos de um segundo.

Dona Marta saiu do quarto da moça. Fora mais um susto. O corte era superficial e não precisaria de maiores preocupações.

Aline se sentou na cama. Olhou o curativo feito pela mãe. Ainda não acreditava na reação de sua gata. Tabata sempre fora dócil. Fora escolhida por ser da raça persa. Ideal para apartamentos exatamente pelo temperamento calmo.

Em três anos de convivência, esse tinha sido o primeiro incidente. Ora, Tabata também podia ter um dia ruim, pensou.

Esqueceu do ocorrido quando olhou para a cômoda. Parecia que a quinta gaveta estava diferente. Talvez um pouquinho menos colada.

Tentou puxá-la e para a sua surpresa, ela abriu.

Em seu interior, havia apenas um pergaminho amarelado enrolado.

Aline o abriu e encontrou frases escritas em um idioma desconhecido.

Ela pronunciou as palavras mesmo sem entender o seu significado. As luzes da casa piscaram assim que terminou de ler. O pergaminho se dissolveu em suas mãos.

— Nossa, que estranho. Devia estar a muito tempo aí dentro e as traças fizeram o serviço.

Mal teve tempo de dizer essas palavras e caiu inconsciente na cama. Logo estava em uma espécie de sono ou transe.

Viu-se envolta por uma escuridão intensa. Momento em que algo se destacou no breu. Não tinha uma forma definida. Parecia estar mesclado com o negrume. Então uma voz grave ecoou em sua cabeça:

— Você que me invocou, faça bom uso dos cristais.

— Eu não invoquei ninguém! E também não sei nada sobre cristais.

— Quieta! O pacto está selado. Quebrou o lacre da gaveta com o seu sangue e proferiu as palavras de invocação.

— Eu nem sabia o que estava dizendo.

— Não me interessa. O fato é que mexeu com forças que não compreende. Agora não tem como voltar atrás.

— Como assim?

— Dentro da gaveta que você abriu, se encontram agora os cinco cristais que representam as cinco dádivas que lhe serão concedidas.

— Que dádivas?

— O que desejar. Basta para isso, fazer o pedido e depois quebrar um dos cristais.

— Quer dizer que para ter um desejo atendido, basta eu jogar um cristal no chão?

— Exatamente. Mas tem mais um detalhe importante.

— Qual?

— Você tem um prazo para realizar os seus desejos.

— Prazo?

— Se não completar os cinco pedidos dentro de um mês, os cristais restantes sugarão a sua vida.

— Vou morrer se não realizar os pedidos?
— Sim. Só sobrara uma casca vazia no chão.
— E se eu cumprir o ritual?
— Garanto que não me verá mais.
— E quem é você?
— Isso não importa. Volte a dormir e lembre que temos que resolver logo a nossa pendência.
Aline caiu em um sono profundo.
Ao acordar, recordou do sonho que teve.
Olhou para a cômoda e especialmente para a quinta gaveta. Sua curiosidade por fim venceu e resolveu abri-la.
Colocou a mão dentro sem olhar e começou a suar frio quando tocou em alguma coisa. Retirou a mão da gaveta e viu dentro da palma, os cinco pequenos cristais que a voz havia citado.
Instante em que eles brilharam ao mesmo tempo.
Eram lindos. Rubros como sangue.
Então Aline ouviu novamente a voz em sua cabeça:
— Cinco pedidos. O seu prazo está acabando. Não se esqueça.
Momento em que ela percebeu que não tinha sido um sonho.
— E agora, meu Deus? O que eu faço?
Desconfiava que a criatura na cômoda não havia sido completamente sincera com ela.
Teve uma ideia. E iria executá-la agora mesmo. Pegou um dos cristais na mão e falou:
— Quero que a criatura presa na cômoda apareça na minha frente como ela realmente é.
E Aline quebrou o cristal atirando-o no chão.
O cristal se dissolveu em instantes e uma forma astral surgiu diante dela.
A figura etérea era de um homem com a aparência de possuir uns quarenta anos de idade e com a pele bem bronzeada, como a de quem viveu a vida toda no deserto. Usava um

turbante na cabeça e exibia uma barba espessa. Vestia camisa marrom e calça preta. Calçava um sapato preto com a ponta virada para cima.

O indivíduo a olhou com raiva e disse:

— Gastou um cristal apenas para me ver?

— Preciso saber em que terreno estou pisando. Vejo que não é daqui. Como entendo o que você fala?

— Por causa da magia presente.

— Você é como um gênio da lâmpada?

— Não lhe direi mais nada. Preocupe-se com o seu prazo.

— Vai responder sim. Desejo que responda as minhas perguntas com total sinceridade.

E Aline jogou outro cristal no chão.

— Você é como um gênio da lâmpada? Ela repetiu a pergunta.

O homem torceu o rosto e tentou não falar mais nada, mas não podia resistir a magia. E logo explicou:

— Sou como um gênio somente no quesito de estar preso em um invólucro. Mas no meu caso, no lugar de uma lâmpada, é essa cômoda que você comprou.

— Não pode sair daí?

— Posso. Mas para isso preciso que realize os seus cinco pedidos. Assim que os fizer, serei libertado.

Aline deu um sorriso.

— Agora entendi tudo. O motivo do seu desespero.

O homem fechou o semblante e Aline perguntou:

— Qual é a história dessa cômoda?

— Essa cômoda é indestrutível e existe há mais de mil anos. Um feiticeiro que a encantou. Sempre teve alguém dentro dela esperando pelo ritual.

— E sempre da mesma forma que eu fiz?

— Sim. O sangue realiza a abertura da gaveta e a nova materialização do pergaminho. E a leitura do pergaminho faz surgirem os cristais. O ciclo é contínuo.

— Como sabe disso tudo?

— Do lado de dentro deste móvel, o espaço é bem maior e tem uma placa de granito fixa na entrada. Nela estão escritas essas instruções em letras de fogo. As letras mudam para o idioma de quem as lê.

— Quer dizer que a cômoda é uma espécie de portal?

— Sim. Para um local imenso e desabitado. As necessidades alimentares são suspensas dentro dela. Também não se envelhece.

— O que você é?

— Meu nome é Hassam e já tive uma vida humana. Espero voltar a ter.

— Há quanto tempo está preso?

— Mais de cem anos.

— Tudo isso?

— Por isso estou ansioso para que cumpra o ritual.

— Se eu não cumprir, eu morro mesmo?

— Sim.

Aline engoliu em seco e falou:

— E o que acontecerá com você nesse caso?

— Morrerei também e a cômoda deixará de existir.

— Tem mais alguma coisa que não me contou? Como ficou preso aí?

O homem deu um sorriso e respondeu:

— O seu prazo me forçando a falar se esgotou. Faltam três desejos.

E a sua forma se desvaneceu...

Aline se sentou na cama e pensou:

— Será seguro soltar esse homem na Terra? E se ele for um feiticeiro que trancaram no próprio artefato que criou? — Mas também não quero morrer.

Ela colocou as mãos entre os ombros e decidiu. Deixaria a família bem. Não importava o que acontecesse depois. Mas como ganhar dinheiro sem gerar desconfiança?

Se desejasse que aparecessem milhões de reais em cima de

sua cama, não poderia explicar depois. Como depositaria tal quantia no banco?

Depois de muito pensar, lembrou que a Mega-Sena estava acumulada. Seria a solução.

Disse bem alto:

— Quero um jogo com os números que serão sorteados esta noite na Mega-Sena!

E jogou mais um cristal no chão.

Assim que o cristal se dissolveu, um volante de jogo apareceu em cima da cama. Aline viu que ele estava com seis números preenchidos.

Aline apanhou o papel, fez a higiene pessoal e se trocou rapidamente.

Tomou café da manhã com a sua família com um sorriso no rosto.

— Que bom te ver assim, filha.

— Chega de sofrer, mãe. Tive uma boa noite de sono e decidi que de hoje em diante, quero aproveitar a vida.

Seus pais e seu irmão a abraçaram felizes.

A moça assistiu um pouco de televisão mal disfarçando a ansiedade. Assim que chegou o horário em que sabia que a casa lotérica do bairro estaria aberta, saiu de casa para completar o seu plano.

Fez a aposta e a noite viu pelo celular o resultado daquela loteria. Os números de seu jogo realmente foram os sorteados. Apenas mais um ganhador de outro estado acertou os números e coube a cada um pouco mais de dez milhões de reais de prêmio.

Aline sentiu o coração acelerar e mostrou a sua família o jogo feito e o resultado.

Começaram uma gritaria generalizada. Felicidade total.

No outro dia, compareceu numa agência bancária para reclamar o prêmio.

Deu tudo certo. Era a mais nova milionária da cidade.

Esbanjaram em gastos e logo se mudaram para uma casa maior. Aline deixou a cômoda mística na casa antiga. Quem sabe não conseguia se livrar dela?

Mas ao entrar em seu espaçoso quarto novo, lá estava o móvel perfeitamente alinhado com a decoração. Assim como os dois cristais restantes na quinta gaveta.

Viu que não tinha mesmo escapatória. Teria que terminar o ritual antes de ser transformada em uma casca vazia.

Alguns dias se passaram e ela estava em seu quarto a noite, imersa em planos de como usar os últimos desejos.

A sua atenção foi atraída por gritos vindo do andar de baixo da casa. Sua mãe parecia chorar.

Desceu as escadas correndo e se viu diante de dois homens armados.

Seus pais estavam deitados de costas no chão e seu irmão Douglas parecia estar desacordado com sangue saindo de um ferimento em sua cabeça.

Tabata miava enquanto corria de um lado para o outro.

Aline se desesperou e se abaixou ao lado do irmão. Mas um dos bandidos chutou a sua barriga, fazendo com que caísse no chão gemendo de dor.

— Essa aqui fez valer o assalto, mano. — Disse o ladrão que parecia ser o líder, enquanto puxava Aline pelo braço.

— Quer brincar um pouco com ela, Vadão? Temos tempo. A velha já me disse onde esconde o dinheiro e as joias.

— Beleza. Disse ele enquanto guardava o revólver na cintura e se preparava para subir até um dos quartos com a moça.

— Mas antes dê um tiro nesse moleque. Ele tem que saber que não pode nos desafiar. Tentou pegar a sua arma. Acho que só uma coronhada não foi suficiente.

— Os velhos também já viveram demais. Não precisamos mais deles. Disse o outro bandido, conhecido como Chicão.

Aline viu o outro bandido engatilhar a arma e apontar na direção de seu irmão. Os seus pais seriam os próximos. Não deixariam ninguém vivo. Pensou nos cristais restantes. Mas estavam longe dela.

Mal pensou isso e um deles se materializou em sua mão. Não teve tempo nem de pensar no que poderia fazer. A morte de Douglas era eminente.

— Se matem, seus malditos! Gritou enquanto jogava o cristal no chão.

Vadão viu incrédulo a sua mão soltar o braço de Aline, pegar o revolver na sua cintura e apontar para Chicão.

Chicão percebeu a sua mão se movimentando contra a sua vontade e o revólver apontar para Vadão.

Seguiu-se alguns estampidos ensurdecedores.

A mãe de Aline viu a filha coberta de sangue e gritou em desespero.

Mas a moça estava ilesa. O sangue era do bandido.

Vadão e Chicão estavam mortos.

— Pensei que era o nosso fim, filha. O que aconteceu? Só lembro de você gritando com eles.

— Não sei mãe. O importante é que acabou.

Douglas se levantava amparado pelo pai.

A polícia reconheceu os bandidos pela longa ficha criminal. Ambos eram autores de vários crimes na cidade. Ninguém quis investigar a fundo as suas mortes. Logo era assunto encerrado.

Aline e sua família procuraram se recuperar do ocorrido. Nenhum deles se ferira gravemente. Douglas nem ficaria com cicatriz pela coronhada tomada. Logo seria apenas uma lembrança ruim.

Passaram-se mais alguns dias e a jovem percebeu que aquele era o último do prazo que tinha para completar o ritual com os cinco pedidos.

No começo da tarde, ela decidiu dar uma volta na rua para decidir com calma no que usaria o último desejo. Ainda se ressentia por ter que libertar Hassam. Não confiava nele.

Andava pela calçada quando um carro fechou o seu caminho.

Ronaldo, o seu antigo namorado, saiu do veículo e falou:
— Você alterou o número do seu celular e mudou do nosso bairro.
— Fiz isso exatamente para não precisar te ver nunca mais.
— Sabe que sou louco por você. Não conseguirá se livrar de mim.
— Saia daqui ou eu chamo a polícia. Ela gritou.
— Faça isso e eu te mato aqui mesmo.
Ronaldo lhe mostrou a arma que trazia sob a camisa.
— O que quer de mim?
— Quero que me aceite de volta. Ou caso contrário, acabo com as nossas vidas.
— Está louco? Não quero mais nada com você.
— Só porque ganhou na loteria?
— Já não te queria mais bem antes disso e você sabe disso.
— Entre no carro agora ou vou até a sua casa e mato a sua família. Vou terminar o que os ladrões não conseguiram fazer.
— Foi assim que descobriu onde eu morava?
— Sim. Graças ao noticiário na televisão.
— E acha que ameaçando a vida da minha família vai me reconquistar?
— Só quero uma chance com você. É o que preciso pra fazer com que se apaixone por mim novamente.
— Não funciona assim. Não pode forçar as pessoas a gostarem de você.
— Aline, você ainda me ama. Só não sabe disso.
— Está louco, Ronaldo?
— Louco por você. Entre no carro.
Ele sacou a arma enquanto falava. Pessoas que estavam na rua começaram a correr.
Aline achou melhor obedecer para evitar uma tragédia e entrou no automóvel.
— Para onde vai me levar?
— Vamos para a minha casa. O lugar onde vivemos o nosso amor.

Ronaldo morava sozinho. Aline sabia que mais ninguém correria riscos. O rapaz estava transtornado.

Chegaram ao imóvel e ele a puxou para dentro.

Aline se deixou conduzir. Sentia que a sua submissão estava voltando. Logo seria como durante a relação deles. Principalmente no último ano. Quando ele mostrou como era realmente. Percebeu que estava fadada a fazer tudo que ele mandasse se não conseguisse reagir a tempo.

Ronaldo a beijou a força e começou a apalpar o seu corpo.

Aline se desvencilhou de seus braços e falou:

— Se afaste de mim. Eu não pertenço a você. Nunca mais me sujeitarei as suas vontades. Acabou.

Ele a olhou com os olhos inflamados e sacou o revólver.

— Se não puder ser minha, não será de mais ninguém.

Ela o olhou e percebeu que ele iria mesmo matá-la.

Ergueu a mão direita e gritou:

— Vá para o inferno!

Ela abaixou a mão e viu o último cristal se despedaçar no chão.

Ronaldo engatilhou a arma e mirou no peito da moça.

Nisso, um portal negro se abriu na sala e garras saídas dele atravessaram o corpo do rapaz. Criaturas horrendas começaram a puxar Ronaldo para dentro da escuridão. Ele se debateu e tentou atirar em Aline, mas um dos monstros decepou o seu braço armado. Outro cravou os dentes em seu pescoço. As partes cortadas de seu corpo eram arrastadas para a abertura entre as realidades. Até mesmo o sangue derramado. Assim que cruzaram o portal, este desapareceu como se nunca tivesse existido.

Aline recuperou o folego e falou:

— Não foi a minha intenção. Falei sem pensar. Mas ele teve o destino que merecia.

Ela tentou caminhar até a porta, mas sentiu o seu corpo se desvanecendo até sumir por completo...

Enquanto isso, Hassam viu-se livre de sua prisão e o seu corpo se materializou no quarto de Aline.

— Até que enfim. Aquela idiota não percebeu que a única forma de escapar da prisão da cômoda, é trocando de lugar com alguém que complete o ritual dos cristais.

Ele soltou uma sonora gargalhada e se dirigiu até a porta do quarto.

— Estou livre. Não importa em que ano ou em que lugar eu esteja. Hassam, o degolador, vai poder aumentar o seu número de vítimas.

Mas Hassam percebeu que o peso dos anos, sem o poder da cômoda, finalmente pôde exercer o seu poder sobre ele. O seu corpo foi envelhecendo até se transformar em poeira e ser arrastado pela janela aberta.

Passaram-se os dias e a família de Aline nunca mais teve notícias da filha. Várias testemunhas viram ela ser levada por Ronaldo naquele dia fatídico e anotaram o número da placa.

A polícia, com o tempo, desistiu das buscas pelos dois.

Dona Marta, após alguns meses, se encontrava no quarto da filha com o marido e este comentou:

— Por que você não quis se livrar desta cômoda, Marta? Esse móvel é estranho.

— Eu iria fazer isso, mas a Tabata me fez mudar de ideia.

— Por qual motivo?

— Essa gata, que era o xodó da nossa filha, arranhou o braço da Aline e nunca mais entrou aqui no quarto após a chegada desta cômoda. Mas agora não sai daqui e toda hora se esfrega nela e ronrona...

UIVO NOTURNO

A névoa cobria o topo das árvores naquela noite na mata. A lua cheia brilhava em todo o seu esplendor.

Murilo e seu amigo Fabio, se preparavam para voltar para o acampamento.

Tinham saído sorrateiramente do local após todos dormirem para poderem fumar maconha escondidos. O instrutor jamais perdoaria se os pegasse. Seriam expulsos.

Chegaram até a ponte de madeira sobre o rio que ligava o local do acampamento e da floresta ao mundo civilizado. Aquele era o único ponto de acesso. Do outro lado, um precipício. O acampamento se situava em uma clareira no meio da mata. Um enorme portão de madeira, após a ponte, selava a entrada e uma estrada de terra batida era o único caminho até a cidade. Quando chovia, ficava praticamente impossível para carros percorrerem o trajeto íngreme e enlameado da estrada principal até o local onde estavam.

O acampamento era composto por construções sólidas de madeira maciça. Dois dormitórios amplos com beliches sendo um para as mulheres e outro para os homens. Cada dormitório tinha banheiros acoplados. Existia também um rancho onde eram preparadas e servidas as refeições. E uma cabana menor destinada aos instrutores com camas e banheiro exclusivo.

O acampamento era considerado um ritual de passagem a décadas e sempre acontecia com os formandos do último ano na escola antes de partirem para o sonho da faculdade.

Consistia em todos passarem duas noites na mata fechada, sem luxos e dependendo um do outro. Eram destinadas tarefas individuais e coletivas.

Era organizado por uma escola tradicional e fazia parte das festividades da formatura desta instituição que recebera uma autorização especial há muitos anos para construir tudo aquilo em área de preservação ambiental. Ainda estavam previstas a cerimônia, a festa em um salão luxuoso e a viagem para uma cidade litorânea em outro Estado.

Os pais dos alunos pagaram o pacote completo.

O diretor da instituição dizia sempre que garotos e garotas iam para o acampamento e voltavam depois como homens e mulheres formados.

Mas Murilo e Fabio não acreditavam nisso e nem faculdade fariam. Diziam que era perda de tempo o ensino superior.

Já eram ricos mesmo e cinco anos na faculdade significavam cinco anos sem putaria e drogas. Se bem que não deveriam existir faculdades sem isso tudo a disposição de quem tivesse dinheiro. Mas mesmo assim, preferiam ter o tempo todo livre e sem obrigações e cobranças.

Murilo acabou com o cigarro da erva, o jogou no rio e chamou o amigo para voltarem.

Já teriam problemas com os pais deles quando estes

soubessem dos seus planos de pararem os estudos, agora imagina se fossem expulsos da escola?

Era capaz de ficarem um bom tempo sem as gordas mesadas que recebiam. Os pais deles eram amigos e partilhavam das mesmas ideias.

Se levantaram do troco de árvore caído que usaram como banco e foram andando de volta ao acampamento.

Mas após pouco minutos, um barulho assustou os dois. Parecia um animal. Um lobo talvez. E o uivo soou perto demais deles.

Murilo ainda argumentou:

— Não existem lobos por aqui.

— Com certeza, mas não foi uma galinha que uivou. Respondeu Fabio.

Eles apressaram a marcha. Faltava mais de um quilometro para chegarem.

Por sorte, a lua cheia iluminava a mata no primeiro dia de seu ciclo e não havia como eles se perderem.

Fabio ainda provocou o amigo enquanto apertavam o passo:

— Uivo, lua cheia…Não te lembra nada?

— Sem brincadeiras. Não sei se é efeito da maconha, mas estou com um pressentimento ruim.

— Relaxa. Lobisomens não existem.

Mal Fabio falou isso e uma enorme criatura surgiu na frente deles.

Media mais de dois metros de altura, tinha o corpo coberto por pelos negros como a noite. Das suas mãos saiam garras capazes de cortar carne como se fosse manteiga e a criatura os olhava com olhos famintos e com a boca imensa escancarando os dentes ameaçadoramente.

Fabio começou a falar:

— Lobi...

Mas antes que completasse a palavra, o monstro lhe desferiu um golpe com as garras afiadas de sua pata direita. Foi o suficiente para decapitar o rapaz.

Murilo, vendo horrorizado a cabeça do amigo rolar pelo chão, começou a correr desesperadamente. Mas a tentativa de fuga durou pouco. O lobisomem saltou nas suas costas e cravou as garras, puxando-as para baixo e rasgando profundamente, até chegar à espinha do rapaz.

Os dois não precisariam mais se preocupar com a faculdade...

Pouco antes disso tudo acontecer, o instrutor Cláudio estava em sua barraca na companhia de uma das alunas. Faziam sexo ardorosamente. A moça estava debruçada em uma mesa e ele a penetrava com vigor. Foi quando um uivo varou a noite. Seguido por gritos. Foi algo assustador.

Cláudio interrompeu a contragosto o coito e sinalizou para que a moça se vestisse e corresse até a barraca das mulheres antes que fosse vista ali. Algumas luzes já se acendiam.

Afinal, aquela escola prezava pelos bons costumes. Ele não ficaria bem se alguém o denunciasse por seduzir moças de família.

O fato dela ter se oferecido e já ter dezoito anos, não seria levado em conta. O delegado não entenderia se ele falasse que a filha única da autoridade policial era uma vadia que se deitava com vários professores e alunos da escola.

Cláudio seria demitido por se envolver com uma aluna e talvez até preso. Isso se não aparecesse estirado em alguma vala com uma bala na cabeça.

Afastou esses pensamentos da cabeça, encheu o peito de ar e saiu da cabana cheio de altivez.

Tocou o sino de alerta e logo os alunos estavam acordados e assustados em frente ao refeitório.

— Estão todos bem? Perguntou.

Os alunos presentes responderam que sim.

Cláudio fez uma vistoria rápida com os olhos e percebeu a ausência de Murilo e Fabio. Também notou a falta de Melissa e Artur, que todos sabiam serem namorados. Foi até a barraca masculina para dar uma bronca nos três rapazes. E Mandou procurarem Melissa no dormitório feminino.

Quando viu que o dormitório masculino estava vazio, um mal pressentimento lhe ocorreu, mas achou que Murilo e Fabio deviam estar se drogando ou coisa parecida.

Quando lhe informaram que Melissa também não estava no acampamento, achou ela e Artur estavam se pegando em algum lugar por aí.

O rapaz também estaria em maus lençóis com ele.

Desaparecer com a filha do diretor? Aí já era demais.

Mas já passava das quatro horas da manhã e todos deveriam ter voltado.

E os gritos e o uivo de um animal lhe deixavam ainda mais apreensivo.

Então ele resolveu organizar um grupo de busca com os rapazes, enquanto as moças permaneceriam na segurança do acampamento.

Depois o instrutor resolveu dividir o grupo de busca em dois, com ele liderando um e Ulisses o outro.

Escolheu o maior aluno para a tarefa. Este media quase um metro e noventa de altura. Era o valentão da turma. Todos o temiam.

Então se deslocaram cada grupo em uma direção oposta da floresta.

Ulisses viu ali a oportunidade para se destacar e conquistar a confiança do instrutor.

Começou a dar ordens ao seu grupo e se embrenharam na mata, fazendo um estardalhaço na noite.

Sem que percebessem, dois olhos maldosos brilharam na escuridão a poucos metros de onde eles estavam...

Enquanto isso, o instrutor Cláudio fazia uma descoberta aterradora:

— Os corpos destroçados de Murilo e Fabio!

Alguns dos alunos que o acompanhavam começaram a vomitar e um até urinou nas calças.

— Vamos todos voltar para o acampamento. Nenhum dos animais que vivem aqui poderia ter feito isso com os rapazes.

Ele sacou o revólver que carregava na cintura e com apreensão, orientou os rapazes em direção ao acampamento.

Foi quando ouviram os gritos vindo de onde estavam Ulisses e os outros garotos.

Cláudio percebeu que a desgraça estava apenas começando...

Momento antes, Ulisses ouviu um barulho na mata e destacou dois rapazes para olharem mais de perto.

José e Alfredo tremeram quando o líder do grupo apontou para eles dois, mas sabiam que se não fossem, seriam motivo de chacotas para sempre. Um olhou para o outro e após engolirem em seco, caminharam para fora da trilha e adentraram a mata.

Mal deram dez passos e algo saltou na frente dos dois. José não acreditou no que via e antes que pudesse tentar correr, o monstro já rasgava o seu abdômen e espalhava as suas vísceras pelo chão.

Alfredo, vendo o triste fim do amigo, tirou coragem sabe Deus de onde e armado com um galho de árvore recolhido do chão, partiu para cima da fera gritando.

O lobisomem se surpreendeu e o rapaz conseguiu acertá-lo na cabeça colossal com o galho. O monstro apenas chacoalhou o local atingido, mais com raiva do que com dor e rosnou fortemente, parecendo ter aumentado de tamanho.

Alfredo quis repetir o golpe, mas ao levantar o braço com o galho, o monstro fez um movimento rápido com a pata direita e o rapaz viu o galho bater no chão com um barulho seco. Logo percebeu que o seu braço ainda segurava o pedaço de madeira e que de seu ombro jorrava sangue do membro amputado.

Então ele gritou de dor e desespero, sendo calado por outro golpe da fera que arrancou metade de seu rosto, expondo partes de seu cérebro.

Antes que caísse, o lobisomem ainda o esquartejou com diversos golpes.

Os demais rapazes, atraídos pelo barulho e pelos gritos,

chegaram a tempo de presenciar a criatura despedaçando o corpo de Alfredo.

Todos viraram as costas e passaram a correr desesperadamente de volta para a suposta segurança do acampamento.

O lobisomem ameaçou correr atrás de todos, mas a eminência do raiar do dia, freou os seus passos...

O lobo humano então uivou bem alto e se preparou para a transformação que viria.

Os dois grupos chegaram quase juntos ao acampamento. O terror estava estampado em seus rostos. Entraram no rancho, seguidos pelas meninas que estavam apavoradas sem saber o que acontecia.

O instrutor trancou depressa as portas. Então começaram a falar todos ao mesmo tempo.

Nisso, Cláudio pegou um megafone e gritou:

— Silêncio, bando de frouxos! Vamos falar um de cada vez, senão não consigo entender nada. O meu grupo encontrou os corpos do Fabio e do Murilo, ou o que sobrou deles. Depois ouvimos gritos vindos do grupo de Ulisses. O que aconteceu?

O grandalhão estava tremendo e a muito custo conseguiu falar:

— Uma criatura nos atacou e matou José e Alfredo. Achei que iria acabar com a gente, mas por alguma razão não nos perseguiu.

— Criatura? Tem certeza de que não era um animal qualquer?

— Todos nós vimos, instrutor. O monstro estava em pé sobre as patas traseiras. E tinha a cabeça de um lobo enorme.

— Tá querendo dizer que era um...

— Um lobisomem! Com toda a certeza! Todos nós vimos. Gritou um dos rapazes do grupo de Ulisses.

Novamente uma gritaria tomou conta e as moças começaram a chorar de forma descontrolada.

— Se controlem. Vamos precisar de calma para resolvermos esta situação. Disse o instrutor.

— Não tem o que resolver. Vamos embora e pronto. Ainda bem que amanheceu. Gritou a filha do delegado, de nome Sara.

— Acho que você tem razão, mas a Melissa e o Artur ainda estão desaparecidos. Não podemos ir embora sem eles.

— Devem estar mortos também. Deixe que meu pai e a polícia achem eles e cuidem dos corpos dos que já sabemos que morreram. Eu não fico mais um minuto por aqui.

Cláudio pensou e viu que não existia outra coisa e se fazer.

— Se arrumem e vamos todos embora, então. Vamos atravessar com urgência a ponte.

Mal acabou de dizer estas palavras e uma explosão se fez ouvir.

Todos correram na direção do barulho e viram que toda a estrutura da ponte estava no fundo do rio. Alguém explodira a única saída possível daquele lugar.

Gritos de desespero ecoaram entre os jovens. Viram a situação, que já estava ruim, piorar.

— E agora, Cláudio? Como vai tirar a gente daqui?

Alguns alunos se entreolharam espantados com a intimidade com que Sara se dirigiu ao sempre rígido, instrutor. Ele obrigava que todos o tratassem por senhor.

Cláudio olhou com censura para a moça e respondeu:

— Agora é melhor todos vocês voltarem para os dormitórios. Tranquem bem as portas. Enquanto isso eu vou pensar em uma maneira de tirar a gente daqui.

Os alunos obedeceram de pronto. Ninguém queria ficar exposto lá fora.

O instrutor esperou que voltassem para as acomodações, conferiu a sua arma pra ver se estava pronta para ser usada e começou a refletir a situação.

Eles tinham acima a mata fechada com a fera e abaixo um precipício com rochas. Mesmo que acertassem a água em um salto difícil, o impacto daquela altura seria como se atingissem cimento.

Lançar uma corda para o outro lado era impossível, já que a distância era de quase cem metros entre um lado e outro. Quem destruiu a ponte sabia que ficariam à mercê do lobisomem.

E os celulares não funcionavam naquele lugar. A única saída seria de helicóptero quando dessem pela falta deles. Perguntas rondavam a sua cabeça. Sobreviveriam antes da ajuda vir? Quem tinha explodido a ponte?

Um monstro não teria inteligência para fazer isso. Alguém o estava ajudando. Por que?

Mas não tinha tempo para pensar nisso. Precisava dar um jeito de sobreviverem até a ajuda chegar. Lembrou, pensando friamente, que estava rodeado de filhos da nata da sociedade daquela cidade. Os pais moveriam mundos para encontrá-los assim que percebessem que algo errado acontecera. Mas ninguém notaria nada antes de encerrada a próxima noite. Teriam que enfrentar o lobisomem pelo menos mais um dia. Se as lendas estiverem certas, a fera só daria as caras durante a noite...

Teriam que bolar algum plano para enfrentarem a criatura. Fugir estava fora das possibilidades sem a ponte. Parecia até que arrumaram um matadouro para o monstro.

Estava buscando uma solução quando ouviu um barulho vindo da mata.

Sacou o revólver e o apontou na direção do ruído. Engatilhou a arma e esperou. Não podia desperdiçar nenhum tiro.

De repente, uma silhueta saiu da mata. Cláudio mirou nela e se preparou para atirar. Foi quando a figura gritou:

— Não atire. Sou eu!! Melissa!

O instrutor viu a moça deixando a mata e vindo em sua direção. Estava com as roupas rasgadas e com cara de assustada.

Cláudio manteve-a sob a mira de sua arma, esperou que se aproximasse mais e perguntou:

— O que aconteceu com você? Onde estava esse tempo todo? E cadê o Artur?

— Nós saímos do acampamento para namorar e quando íamos voltar, Artur achou melhor nos separarmos para ninguém ver a gente juntos. Estava voltando, quando ouvi gritos de terror e grunhidos horripilantes de algum tipo de animal. Saí correndo sem olhar para trás. Então eu me escondi em uma caverna até amanhecer.

— Por que não correu para o acampamento?

— Porque os gritos vinham daqui de perto. Não pensei em mais nada. Só em me salvar.

— Nem no seu namorado?

— Infelizmente, não. Disse Melissa antes de desabar em choro. Ele voltou?

— Não. Mas alguns dos rapazes tiveram um encontro com o animal que você ouviu.

— E o que aconteceu?

— O monstro matou quatro deles. José, Alfredo, Fabio e Murilo.

— Que desgraça! Era um animal, mesmo? Eu nunca tinha ouvido um bicho igual a esse.

— Os sobreviventes falaram que é um lobisomem.

— Achei que isso não existia. Como algo assim aparece de repente?

— Ninguém sabe. Mas vamos ter de enfrentar esse monstro.

— Enfrentar? Eu não pude nem com o urro dele. Por que vocês não foram embora?

— Explodiram a ponte. Estamos presos aqui.

Melissa colocou as mãos no rosto e chorou mais desesperadamente ainda.

— Meu pai tem que fazer alguma coisa. Não vou ficar aqui com esse monstro na floresta.

— Estamos isolados. Antes de amanhã, ninguém vai nos procurar. E sem sinal de celular, também.

— Meu pai e outros que inventaram essa besteira de iniciação. Agora pagaremos com a vida.

— Vamos arrumar um jeito de nos proteger. Ou até de matar essa criatura maldita. Cláudio queria acreditar nas próprias palavras...

— Agora vamos nos reunir com os outros. Chega de lamentações. Ou matamos o lobisomem ou ele os mata.

O instrutor fez das palavras ação e levou Melissa até o refeitório, onde estavam os outros.

Bateu na porta e se identificou. Quando viram Melissa junto a ele, todos quiseram falar ao mesmo tempo.

Após Cláudio conseguir que se fizesse silêncio e a moça repetir a história, Ulisses falou:

— Como vamos saber se essa aí tá falando a verdade? Ela pode estar ajudando o monstro e ter explodido a ponte. Ou ela mesma ser o lobisomem.

— Que besteira é essa agora, Ulisses? Disse o instrutor.

— Ora, segundo as lendas, o lobisomem volta a ser humano durante o dia.

— E agora vamos acreditar em lendas?

— Eu não acreditava até vê-lo a minha frente. Então, se ele existe, as lendas também devem existir.

Cláudio viu que vários alunos concordavam com Ulisses.

— E o que você sugere?

— Por mim, mantinha ela amarrada e trancada em algum lugar. Não quero estar perto dela quando anoitecer.

— Se eu fosse o monstro, faria questão de te matar. Nunca vi homem mais covarde.

— E se eu pudesse, te matava agora e a gente ficava livre de uma vez. Cadê o seu namoradinho? Tá com você nessa? Ou já o matou também?

Melissa começou a chorar com a lembrança do amado.

— Cale a boca, Ulisses! Não tá ajudando em nada. Temos que nos preparar para enfrentar a fera e não uns aos outros.

— Desculpa instrutor, mas a história dela tá mal contada. Por que o lobisomem não foi atrás dela? O senhor acredita nessa sorte dela?

— Que sorte? Estou presa aqui também. Se estivesse com o monstro, teria explodido a ponte comigo já do outro lado em segurança.

— Chega de conversa os dois. Vamos dar um jeito de enfrentar esse lobisomem. Ele vai se arrepender de se meter com a gente. Esbravejou o instrutor.

— Acho que o monstro realmente não ataca de dia, ou já teria dado as caras por aqui.

— Vamos reforçar as trancas das portas e armar algumas armadilhas para pegar esse desgraçado. Tenho outras armas comigo e vamos iluminar bem as redondezas do acampamento. A fera não vai nos pegar de surpresa.

E assim foi feito. Cláudio reuniu os rapazes e se armaram com pás, foices, enxadas e picaretas para abrir uma clareira em volta do acampamento. Nada sairia da mata sem ser visto por eles. Pelo menos era o que pensavam.

Melissa ficou junto com as demais jovens no refeitório. Nenhuma delas quis ficar na área externa. Mesmo sendo dia. Quem podia lhes garantir que a besta realmente tinha hábitos noturnos?

Com a chegada do entardecer, os ânimos voltaram a ficar exaltados. Todos olhavam para Melissa com desconfiança. A maioria não achava que ela fosse o lobisomem, mas achava que ela poderia ter de algum modo colaborado com a destruição da ponte.

De tanto que insistiram, o instrutor se viu obrigado a amarrar a moça e mantê-la sob intensa vigilância.

Melissa foi tomada por uma raiva intensa e exclamou:

— Você está ferrado! Meu pai vai te demitir. Todos vocês vão pagar caro por isso.

— Cale a sua boca, sua vaca! Gritou Sara.

— Só porque você dorme com o instrutor e alguns professores se acha no direito de gritar comigo?

— Meu pai vai te prender e jogar as chaves fora, sua vagabunda! Deve ter matado o Artur também.

Melissa começou a esbravejar com os olhos inflados de ódio e tentou em vão se soltar para atacar a filha do delegado. De tanto que a moça gritou, Cláudio se viu obrigado a amordaçá-la para ter um pouco de paz.

Então anoiteceu...

Melissa ficou no dormitório das mulheres, apesar dos protestos destas. Especialmente de Sara.

— Aqui vocês estarão seguras enquanto matamos o monstro. Melissa está amarrada. Não posso deixá-la lá fora a mercê da criatura.

— Por mim, eu deixaria. Sara olhava para Melissa com raiva.

— Nada disso. Agora se comportem. Eu e os rapazes vamos matar o monstro e amanhã virão para nos buscar e estaremos livres deste pesadelo. Não abram essa porta por nada antes que amanheça.

Melissa o olhou de uma forma que fez o seu sangue gelar, enquanto ele saia...

Cláudio reuniu os rapazes e os distribuiu em pontos estratégicos ao longo de barricadas levantadas por eles durante o dia. Eram ao todo oito rapazes, mais o instrutor. Cláudio distribuiu quatro armas aos melhores atiradores entre os rapazes.

No dormitório ficaram dez moças contando com Melissa.

Passava das vinte horas e a ansiedade já tomava conta de todos. Já torciam para o lobisomem atacar logo e acabar com aquele clima pesado. Pelo menos teriam algo palpável para lidar.

Foi quando um grunhido sobrenatural se fez ouvir dentro da mata. Logo depois, algo começou a vir na direção do acampamento destruindo tudo que encontrava em seu caminho.

Todos apontaram as armas na direção do som. Então avistaram algo saindo da mata. Atiraram ao mesmo tempo num ritmo ensurdecedor.

Comemoraram quando um corpo desabou a frente, mortalmente atingido pelos disparos.

Cláudio gritou para que parassem de atirar. Ulisses e mais dois rapazes saíram da proteção e foram até a entrada da mata ver o monstro abatido. Não adiantou Cláudio gritar para que esperassem.

Quando chegaram ao local, viram um enorme porco do mato se esvaindo em sangue.

Ulisses abaixou o revólver que segurava e se virou para avisar o instrutor sobre o engano, mas não teve tempo...

O lobisomem saiu da mata e sem dar-lhe tempo para nada, mordeu o pescoço do rapaz, fazendo o sangue jorrar pelas veias e artérias rompidas.

Os dois outros jovens, começaram a correr em direção ao acampamento, com a fera atrás deles.

Cláudio e os outros dois alunos que ainda estavam armados, não conseguiam atirar na criatura, por medo de atingirem os rapazes que corriam até eles.

Nisso, o monstro alcançou um dos rapazes e enfiou as garras em suas costas, abrindo uma enorme ferida.

O último jovem do trio que fora até o começo da mata, se desesperou e implorou:

— Atirem no monstro. Pelo amor de Deus!

Então, Cláudio mirou e atirou na fera que vinha atrás de Célio. As balas passaram rentes ao corpo do rapaz e penetraram no abdômen da criatura.

Esta então urrou de dor e saltou para frente, num impulso impossível para qualquer animal.

Bateu com o corpo em Célio, derrubando o rapaz de cara no chão.

Então, mesmo sendo atingido por mais quatro disparos, levantou o corpo do rapaz com as patas dianteiras, cravando as garras profundamente em seu corpo.

Momento em que arremessou Célio de encontro a parede de madeira atrás da barricada.

Vendo o corpo do amigo vindo na direção deles, os rapazes

procuraram se esquivar, deixando de atirar. Seguiu-se o som característico de ossos quebrados e o corpo de Célio ficou em uma posição grotesca, com sangue e pedaços de cérebro escorrendo pela madeira.

Nisso, o lobisomem já saltava por cima da proteção e urrava com o corpo colado ao dos rapazes mais próximos.

Matou mais dois com golpes precisos que lhes rasgaram os corpos e espalharam as suas vísceras por todo lado.

Cláudio, então deu dois tiros a queima roupa no peito do monstro, que pela primeira mostrou-se hesitante e começou a cambalear, rosnando de ódio.

O último dos rapazes que estava armado, juntou a pouca coragem que ainda possuía e descarregou o revólver no lobisomem, acertando pelo menos dois tiros na cabeça enorme da fera.

O monstro ainda deu um último golpe com a sua pata direita que partiu a cabeça do herói. Depois o monstro revirou os olhos e desabou no chão.

Cláudio deu um grito e passou a atirar no corpo da criatura até ouvir o clique característico de quando se acabam as balas. A cabeça da criatura sangrava por três buracos e o seu dorso parecia uma peneira...

Os dois jovens sobreviventes gritaram aliviados e abraçaram o instrutor. O lobisomem estava morto!

Então eles viram assombrados a criatura começar a voltar a forma humana. Em poucos momentos, estavam diante do corpo de Artur.

— Não chega a ser uma surpresa, mas mesmo assim, é aterrador. Disse Cláudio olhando para o seu aluno no chão. Difícil de acreditar que até pouco tempo ele era uma fera que matava todos que encontrasse pela frente.

Antes do acampamento, Artur nunca demonstrara em suas atitudes o menor traço de agressividade ou se ausentara durante as noites de lua cheia. Esse mistério, pelo jeito, morrera com ele.

Pelo menos o pesadelo acabara. Ainda não sabia como iria explicar o ocorrido ao pessoal da escola, mas isso ficaria para depois. Agora era reunir as meninas, lhes explicar que tudo acabara e esperar o dia amanhecer para vir o socorro...

Foi quando chegou até o alojamento delas e viu a porta escancarada com as trancas estouradas. E parecia que tinha sido de dentro para fora.

Sacou o revólver novamente e fez sinal para que os rapazes se aproximassem com todo o cuidado. Lembrou que estava sem balas no revólver e buscou nos bolsos mais munição.

Abriu o cilindro e começou e recarregar uma bala por vez...

Nisso já estava dentro do alojamento e o que viu em seguida lhe deixou estarrecido.

Os corpos das estudantes despedaçados e jogados por todo lado. Uma verdadeira carnificina.

Viu pedaços de cordas espalhados pelo chão.

A verdade lhe veio à mente junto com um rosnado atrás dele...

Quis virar-se já atirando, mas recebeu um golpe nas costas que atingiu em cheio a sua coluna com um barulho de ossos se partindo.

Os dois rapazes, vendo a fera tão próxima, tentaram correr desesperadamente, mas o lobisomem os alcançou e retalhou os seus corpos sem piedade. Parecia tomado por uma fúria demoníaca.

Então o monstro foi devagar até Cláudio, que tentava se arrastar até a sua arma caída a poucos metros dele. O golpe da fera fora poderoso e ele não conseguia mover as pernas.

Antes que chegasse até o revólver, foi erguido pelo lobisomem que urrou bem em frente ao seu rosto, com o seu hálito putrefato e os dentes enormes escancarados. Parecia que a criatura queria mostrar que vencera a batalha.

Então o monstro fechou a sua boca de encontro ao rosto do instrutor, esmagando o seu crânio e pondo fim ao seu sofrimento.

O lobisomem, tendo largado a sua última vítima, se ergueu sobre as duas patas traseiras e uivou para a lua cheia...

Logo o dia amanheceu e o lobisomem se transformou na forma frágil de Melissa...

A moça abriu um sorriso e falou para si mesma:

— Fim da minha história nesta cidade. Vou incendiar tudo por aqui e aguardar o meu pai chegar.

Ela pegou galões de gasolina no depósito e espalhou por todos os prédios do acampamento. Espalhou nos corpos despedaçados, também.

— Agora é só recolher os que matei na mata. Mesmo na forma humana, ainda possuo uma força sobre-humana e não terei dificuldades com isso.

— Ter atraído Artur até a caverna na primeira noite para namorarmos e tê-lo deixado amarrado lá foi um golpe de mestre. Sai da caverna antes de me transformar e matei os quatro rapazes. Pouco antes do Sol sair, voltei a caverna a tempo de infectá-lo antes de voltar a forma humana.

— Deixei-o lá e retornei até o acampamento contando uma história triste. Ele deve ter se debatido o dia inteiro e ao cair da noite se transformou. Então livrou-se das cordas cheio de fúria e foi a isca perfeita para atrair o fogo do idiota do instrutor e dos fedelhos metidos a heróis.

— Quase ri quando o Cláudio me trancou junto com as meninas. Literalmente pôs o lobo para tomar conta das galinhas. Quando elas viram a minha transformação, quiseram gritar, mas as paredes grossas e a matança do Artur, não deixaram os homens verem ou escutarem mais nada.

— Se o Cláudio sequer desconfiasse que foi o meu pai que explodiu a ponte para ajudar a filhinha do coração...

— Ele me devia essa, já que fui infectada por culpa dele. Pediu que o acompanhasse em uma caçada nas nossas últimas férias no Canada. Fomos atacados por um lobisomem que me feriu antes que o meu pai o matasse com um tiro de calibre doze na cabeça.

— Quando o monstro reassumiu a forma humana, passamos a acreditar nas lendas sobre estas criaturas noturnas. Mas era o último dia de lua cheia daquele ciclo lunar e pude ver o meu corpo ficar mais forte e os meus sentidos se aguçarem. Percebemos que logo eu seria uma besta selvagem também.

— Meu pai colocou portas de aço no porão de nossa casa e me trancava lá durante as luas cheias. Mas lhe falei que sem comer carne humana, logo meu corpo perderia as forças e eu morreria. Então ele concordou em sacrificar o pessoal deste acampamento. Eu era o seu único amor após a morte de minha mãe anos atrás em um acidente de carro.

Melissa terminou de relembrar os acontecimentos recentes de sua vida no momento em que trazia os últimos corpos até o acampamento. Jogou-os junto aos outros e colocou fogo em tudo.

As chamas tomaram conta de tudo, no instante em que ouviu o barulho do helicóptero que trazia o seu pai.

Ele era diretor e dono da escola, além de herdeiro de uma imensa fortuna. Possuía autorização para pilotar aquele veículo aéreo. Assim não teriam testemunhas da chacina.

Seu pai aterrizou a aeronave e foi de encontro a filha.

Melissa o abraçou e contou-lhe com detalhes o ocorrido.

O seu pai fez uma cara de enojado e ela falou:

— Está arrependido de ter ajudado a sua filha?

— Eu sempre faço o que é necessário.

— Podemos ir embora? Temos que fazer todos acreditarem que eu morri também.

— Isso será fácil, filha.

Melissa estranhou o tom de voz de seu pai e se virou rapidamente.

Então viu o cano de uma arma apontado na sua direção.

— O que é isso, pai?

— Estou fazendo o que é necessário. Não tem como controlar esse monstro em que você se transformou.

— Combinamos que eu me mudaria e começaria vida nova em outro país.

— Sim. Mas você mesma disse que não pode ficar muito tempo sem matar...

— Seu traidor!

E Melissa pulou na direção de seu pai, na intenção de matá-lo com as próprias mãos.

Rafael, sem pestanejar, disparou quatro tiros na filha. Acertou dois na cabeça e dois no coração. Ele era exímio atirador.

Ele olhou com pena para o corpo inerte de sua querida Melissa e falou:

— Que a minha esposa me perdoe de onde estiver, mas não havia outra solução.

Então, ele carregou o corpo da filha e o jogou no meio das chamas. Limpou a arma e a jogou também no fogo.

Entrou no helicóptero e pensou:

— O delegado que se vire para explicar o que houve aqui...

www.skulleditora.com.br

🇫 @skulleditora
🅰 www.amazon.com.br
📷 @skulleditora